U0898557

感动系列

留给自己一个梦

——感动小学生的100篇日记

◎总 主 编：刘海涛
◎主　　编：滕　刚

九 州 出 版 社
JIUZHOUPRESS
全国百佳图书出版单位

图书在版编目(CIP)数据

感动小学生的100篇日记:留给自己一个梦/刘海涛主编. —北京:九州出版社,2007.1(2021.7重印)
(“读·品·悟”感动系列)
ISBN 978-7-80195-609-5

Ⅰ.感… Ⅱ.刘… Ⅲ.日记—作品集—世界
Ⅳ.I16

中国版本图书馆CIP数据核字(2006)第158827号

感动小学生的100篇日记:留给自己一个梦

作　　者　刘海涛(总主编)　滕　刚(本册主编)
出版发行　九州出版社
地　　址　北京市西城区阜外大街甲35号(100037)
发行电话　(010)68992190/2/3/5/6
网　　址　www.jiuzhoupress.com
电子信箱　jiuzhou@jiuzhoupress.com
印　　刷　北京一鑫印务有限责任公司
开　　本　787×960毫米　1/16开
印　　张　15
字　　数　218千字
版　　次　2007年2月第1版
印　　次　2021年7月第4次印刷
书　　号　ISBN 978-7-80195-609-5
定　　价　48.00元

目 录

童年的歌谣

瞧，我的自画像

咱家的幸福因子

七彩校园网

忘不了的人和事

神奇的自然之旅

它与我们同在

学 海 拾 贝

放飞想像的翅膀

用心去感受去体会生活，你就会发现无论在哪里，生活都是美好的！

感动系列

童年的歌谣

留给自己一个梦

暖暖的阳光下
布谷鸟在声声地叫着欢笑
白杨的倩手也在随风摇晃
稚气的歌声
在流水中徜徉

羡慕我们吗 白云和蓝天
嫉妒我们吗 清风和雨滴
我们为这童年的灿烂深深地感动
童年真好 真好童年

弱者会倒下去，强者会活下去，他们是打不败的！

安妮日记(一)

◆文/[德]安妮·弗兰克

1944年4月11日　星期二

我们的处境从来不曾像那晚那么危险。想想看，警察到了书架前面，灯亮着，却没有人发现我们藏在里面！“现在我们完了！”那一刹那我曾轻声说了这么一句，结果我们有惊无险。

经过这一场，我们又痛切地记取，我们是身带铐链的犹太人，被铐在一个处所，没有任何权利，却有千般义务。我们必须将我们的感觉摆在一边；我们必须勇敢并且坚强，吃苦受难，不能埋怨，尽力而为，信任上帝。有一天，这可怕的战争将会结束。那时候，我们会又是人，而不只是犹太人！

谁把这苦难加在我们身上的？谁使我们和其他人不一样的？谁使我们这样受苦受难的？是上帝把我们做成这样，但上帝也会再将我们提拔起来。在世界眼中，我们注定受苦，但是，在这一切苦难之后如果还有犹太人留下来，这些犹太人将会被当做范例高高举起。谁知道，也许我们的宗教会教导世界以及世上所有的人向善，那就是我们受苦受难的理由，唯一的理由。我们永远无法只是荷兰人，也永远无法只是英国人，或任何一国的人，我们会永远也是犹太人。我们将必须继续做犹太人，但那时将是心甘情愿做犹太人。

勇敢吧！我们要记取我们的责任，无怨无悔地尽我们的责任。会有出路的。上帝从来不曾抛弃我们这个民族。多少世纪以来，犹太人必须受苦，但多少世纪以来他们继续活着，千百年的苦难只有使他们变得更坚强。弱者会倒下去，强者会活下去，他们是打不败的！

如果上帝让我活下去，我会有比母亲更大的成就，我会让世人听见我的心声，我会走入世界，为人类尽一份力量！

强者的宣言

赏析／徐觊哲

“弱者会倒下去，强者会活下去，他们是打不败的！”没有什么比读到这句话更让我激动的了。

作者作为一个犹太人却生活在一个犹太人最为悲惨的时代。她受到了生命安全和限制自由的双重危机。尽管在这种恶劣的环境下，她仍然不屈不挠，从不轻言放弃。不放弃希望，更不放弃信念，抓住一切稍纵即逝的机会，只为了实现心中对未来美好的憧憬。

对我们来说，这种不服输的精神正是我们求学之路不可或缺的一环。永远不放弃追梦的权力，永远不去安于现状，永远怀着一颗奋发向上的心。“世上无难事，只怕有心人。”成功就要从相信自己开始，任何人都有可能创造奇迹。就算前路依旧曲折，只要坚定不移地走下去，总会看见一片美丽的蓝天。

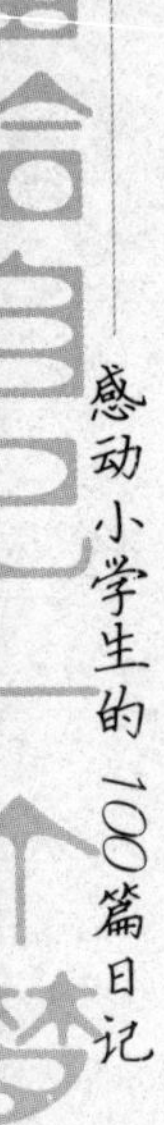

"老鼠过街,人人喊打!"但是很多人却只是"喊"打,实际上容易被又肥又大的黑家伙吓得动弹不得。

斗　鼠

◆文/江　博

1月2日　星期三　晴

今天是一个值得纪念的日子,我和几个小伙伴在院子里玩"捉迷藏"的游戏,正当我们玩得起劲时,一只又肥又大的黑家伙突然从我的脚边窜过。"老鼠!"我大喊一声。伙伴们闻声一看,果然是只大老鼠,我急忙又喊:"老鼠过街,人人喊打!打——"

我们有的挥起小木棒,有的举起大石块,一起向老鼠进攻。老鼠见我们向它攻击,大惊失色,利箭般地向前逃去。我们哪有老鼠跑得快,它东拐西窜,一溜烟地钻进了自己的鼠洞,我们没有追上老鼠,个个垂头丧气。我也无可奈何地坐在石墩上,冥思苦想寻求灭鼠的办法。

"对了!咱们来个突然袭击吧!"我提议,大家听了一致通过。

于是,我们分开,开始寻找食物。不多时,伙伴们拿着各自捡到的食物会合在老鼠洞旁。我们把食物轻轻地摆放在洞口旁——用来引诱老鼠上钩,然后各自操着"灭鼠武器",静静地守在老鼠洞旁,屏住呼吸,警惕地注视着洞口,等待着老鼠上钩。

过了一会儿,躲在洞里的老鼠闻到食物的气味,实在待不住,悄悄地探出头来,向四周试探了一下,发现没有动静,以为出洞吃食物没有危险,便大摇大摆走出洞口。

我眼明手快,大喊一声:"打——"手中的石块和声音一起向老鼠砸去。伙伴们陆续向老鼠攻击:有的扔石块,有的甩木棍……这只老鼠不同寻常,没有被这突然袭击吓住,而是撒腿就向前跑。我们眼看就要追上老鼠了,可是狡猾的老鼠东一窜,西一窜,把我们弄得晕头转向。老鼠前边逃,我们连追带打。这时老鼠向花坛奔去。正好躲在这边的伙伴们也神不知鬼不觉地冲向老鼠,打的打,砸的砸,把老鼠围困在人群里。腹背受敌的老鼠无法脱身,焦急万分,索性向我这边冲过来。我猛地举起大石头狠狠地砸向老鼠,老鼠走投无路,在我无情的石块下一命呜呼!“老鼠被砸死了,砸死了!”伙伴们欢呼起来。

这是一件多么有趣的事啊!

有勇有谋的小卫士

赏析/许妍敏

“老鼠过街,人人喊打!”但是很多人却只是“喊”打,实际上容易被又肥又大的黑家伙吓得动弹不得。而我们的小主人公说打就打,“打”字一出,“一起向老鼠进攻”。一群小伙伴行动一致,坚决消灭偷吃粮食的坏家伙,多么可爱的小卫士啊!

老鼠躲起来后,他们没有轻易放弃,而是动起了脑筋,想到了“诱敌”和“突袭”的战术,多么机灵的孩子啊,仿佛就是一群顽皮的小猫咪,聪明而不鲁莽,能够“静静地守在老鼠洞旁,屏住呼吸,警惕地注视着洞口,等待着老鼠上钩”。而在很多时候,有的小朋友就是忍耐不了一时半会的安静而破坏了某些秩序。

这群小卫士们还十分镇定,没有被乱窜的老鼠的模样吓退,越战越勇,用包抄战术,最终我们的小主人公毫不犹豫地把坏家伙打倒了,取得了最后的胜利。

他们真是一群有勇有谋的可爱小卫士!

少年的心，好像初升的太阳，总能充满活力与热情，不知道疲惫。

捉蛐蛐儿

◆文/傅　晶

8月30日　星期五　晴

今天我和郝真去二里河捉蛐蛐儿。来到二里河的草地上，那里到处都是蛐蛐儿的叫声。不过走到哪里，哪里的蛐蛐儿便不叫了。我一弯腰，忽然，一个东西从我眼前掠过，落到了我的裤腿上。我一看，是只雄蛐蛐儿。刚要伸手去抓，又转念一想：万一蛐蛐儿跑了怎么办？我心生一计，便站着，像一截树桩。它自以为找了个好地方呢，连忙招呼同伴。不一会儿，又一只蛐蛐儿跳到了我的裤腿上。我定睛一看，这两只蛐蛐儿个子很大而且样子凶，身子乌黑发亮，叫声响亮，是好料！我猛一捂，两只蛐蛐儿，一只也没逃脱。

我继续搜索。唉，倒霉！蛐蛐儿好像都有了高度的警惕，怎么也找不到。但我知道“大鱼”难上手，就耐着性子继续搜索。

忽然，一阵“蛐……蛐……”的叫声传入我的耳朵。经验告诉我，好蛐蛐儿上门了。我循声找去，只见一只大蛐蛐儿，比我抓住的前两只蛐蛐儿好多了，它披着乌黑的盔甲，龇牙咧嘴，样子很吓人。我悄悄地摸上去，猛一捂，满以为像上次那样顺利，谁知蛐蛐儿敏捷地一蹦，蹦了出去。我慌乱之中收不住脚，“啪”一下给摔倒了。我爬起来，一扣，扑了个空；又一扣，又扑了个空。我累得气喘吁吁，可蛐蛐儿却更加高昂地唱起“胜利之歌”。

我想只能智取了。我趁蛐蛐儿不注意，猛一扣，把它捉住了。我十分高兴，不料，它在我手上狠狠地咬了一口，我疼得一甩手，它便逃了出去。

这一下，我冒火了。拿起一个大土块，劈头盖脑地朝蛐蛐儿打去。那蛐蛐儿被我打得晕头转向，跳到我脚上。好机会来了，我一捂，那蛐蛐儿还没喘口气，就当了俘虏。

美好的童年，纯美的少年

赏析／佚　名

少年的心，好像初升的太阳，总能充满活力与热情，不知道疲惫。晴朗的天气，与伙伴兴致勃勃地来到草地上，然后和蛐蛐们进行了一场斗智斗勇的比赛。

读完文章我不得不赞叹道：少年是聪明机灵的，他们能将自己假装成树桩，骗得蛐蛐上当，于是也能想出许多出人意料的点子；少年是勇敢执著的，他们不怕伤不怕痛，决心在草地里与蛐蛐一比高下，当然也可以不负众望干出一番事业来；少年是单纯而充满想像的，小小的蛐蛐是身穿盔甲的武士，也变成了少年们的俘虏；少年是快乐而简单的，他们把捉蛐蛐当做乐趣，当做生活，记录下来，与大家一起分享，让读者也不得不拍手，羡慕起少年的美好和纯美。

游戏中全情投入还记得保护益鸟，令人感动的好孩子！

扣　麻　雀

◆文/姚小路

1月25日　星期二　阴

今天是放寒假的第五天。早饭后，纷纷扬扬地下起大雪来，我和小明做了一会儿作业后，便玩扣麻雀。

我们先在院子里扫出一片空地，又找来一个大草筛子，用短棒支起。筛子下面撒些麸皮，短棒上拴根绳子一直接到屋里，我俩躲在门后边，悄悄地等麻雀来吃。小麻雀真调皮，它们落在树上“叽叽喳喳”地叫着，就是不往筛子跟前飞。半天，好不容易等来了一只，它站在筛子上，伸着脖子，东张西望。我俩屏住气，紧握着绳子，两眼从门帘缝里望去，就等那一时刻……

真气人，等了半天，又飞了。连树上那一群，也飞走了。

等啊等，又等了好半天。只听小明惊叫一声：“来了！”我从门帘缝里一看，啊呀，真不少，一、二、三……十几只呢！我心里真高兴。自言自语地说："小傻瓜，上当了。"

"轰"地一下子又飞光了，我将要拉绳子的手，又泄气地放下了，糟糕！我心想："小麻雀你别逞能，我非捉住你不可！"

"又来了！""好，屏住气！"小麻雀大概是认为上次平安无事，这次一来就向筛子里面挺进了。我暗暗数着："一、二、三……""啪"的一声，筛子倒了。"扣住了，扣住了！"我俩高兴地飞跑过去，围着筛子，心里直跳……

小明拿来镰刀，在地上挖了一条小槽，又脱下套衫，把袖筒铺在土槽口。他张着袖口，我移筛子。真灵，只见小麻雀一只一只顺着袖口钻进袖筒里。

我们玩了一会儿，就把麻雀都放了，因为麻雀吃害虫。

爱护益鸟的好孩子

赏析／丘会珍

雪地扣麻雀这个讲技巧、讲耐心的游戏非常有趣：要选好筛子的安置点——这是眼光，机关要装得灵巧——这是技巧，拉绳子的时机要看准——这是最重要的耐心。

小路、小明和小麻雀玩起了抓捕的游戏。小麻雀招呼着同伴，试探地上的麸皮是不是安全，然后"轰"地一下飞走了，可把人急坏了。可是，小路却没有放弃，反而还铁了心要抓到这些逞能的小麻雀。在他耐心、准确的把握下，掉以轻心钻进筛子里的小麻雀被扣住了。

扣住了麻雀，小明的机灵起作用了，挖小槽，脱套衫，铺袖筒，一张一移，小麻雀就一只一只顺着袖口钻进袖筒里了。连贯的动作、利落的配合，两个孩子在雪地里展现着顽皮的天性，最可爱的是，他们玩了一会儿，就把麻雀都放了。

游戏中全情投入还记得保护益鸟，令人感动的好孩子！

与大自然的亲密接触让我们的小作者回味无穷，也让读者意犹未尽。

潜海的滋味

◆文/王振南

10月6日　星期天　晴

我常常在电视屏幕上看到潜水员在海底作业，他们像鱼儿一样在海底自由地游来游去，欣赏美景，真令人神往。我向往着有一天自己也能到海底潜水。今天，我们一家人到海南岛旅游，我终于尝试了潜海的滋味。

在海南岛的三亚地区，有一大片蓝色的海湾。海水清澈得可以清楚地看到海底的沙石。海水近处是浅蓝色，远点的地方是深蓝色，再远处就是墨蓝色的了。微风吹拂着，海面漾起粼粼的波纹。在阳光照耀下，海面上仿佛有人撒了一大把碎金子。

离海岸不远，有一个潜水区，很多游人都在教练的指导下练习潜水。我们一家三口兴致勃勃地穿上潜水衣，跟着教练学习动作。很快，我们掌握了潜海的手势动作，拇指拢圆是“OK”的意思，食指向上指就是上升……

教练员要带我们去潜海了。我们穿上游泳衣，背上氧气瓶，向海底沉去。此时的我心情紧张极了，心想：这里没有防鲨网，会不会有鲨鱼？氧气瓶会不会突然没气？海底会不会一片漆黑……我越想越害怕。刚下到两米深时，我的耳朵就“聋”了，什么声音也听不见。于是，我试着用教练教的方法：把两腮鼓起来，把耳朵里的压力减轻。嘿，果然灵验，耳朵轻松多了。我用嘴大口地吸着氧气，又从鼻子呼气，只看到一串串透明的气泡向上升着，就像一串串珍珠。

我们潜到了海底。其实海底一点也不黑暗。在太阳光照射下，海底亮堂堂的，和在海面上没有什么两样。从海底向上看，阳光随着海水一漾一漾的，就像摇摆的玻璃窗。海底的温度和海面上差不多。海底最引人注目的是一片片美丽的珊瑚。这些珊瑚有雪白的、深红的、橘红的……每个珊瑚都像鹿角。我用手摸了一下珊瑚，感到疙疙瘩瘩的，而且硬邦邦，如果不费点力，休想把它取下来。各种美丽的鱼儿在珊瑚丛中自由自在地游来游去，好像在玩捉迷藏。我小心翼翼地伸出手，想轻轻把它们捧在手里，可是我刚伸出手，鱼儿就跑了。我真羡慕它们能自由地在海底玩耍、嬉戏。

时间过得真快。我还在入迷地流连海底美景，不知不觉，怎么向海面上升了？噢，原来是教练员扶着我向海面上升了。我刚浮出海面，觉得很不舒服，可能是刚才已经适应了海水的压力，一减轻反而不舒服。

这次到海南岛旅游，那潜海的滋味和海底的美景，真让我回味无穷！

与大自然的亲密接触

赏析 / 许妍敏

追寻美丽的风景需要相当的勇气，拥抱自然需要真诚的心。美丽的海底世界属于无畏的热爱大自然的心。

小作者拥有一颗热爱大自然的心，拥有一颗追寻美好事物的心，还有一颗好奇心，于是，他勇敢地投入大海的怀抱，享受海水的抚摸，体会潜水的感觉，并且用善于观察的心记下海底世界的优美和美丽的自由自在的海底居民，用心感受着大海的胸怀。

在小作者优美文字的带领下，我也踏进了海南三亚蓝色的海湾，看到了海面上迷人的“碎金子”，潜到了海底，感受到了海水的压力与温柔，认识了美丽的珊瑚和鱼儿，见识了海底的风景。逐行逐句，都是小作者的心得体会。

与大自然的亲密接触让我们的小作者回味无穷，也让读者意犹未尽。

用心去感受去体会生活，你就会发现无论在哪里，生活都是美好的！

摘菱角

◆文/江　红

8月10日　星期二　晴

放暑假已经一个多月了。

今天，我和妹妹到乡下奶奶家去。当走在乡间路上的时候，我望望远处，只见晚稻长得已有半人高了，整个田野一片绿油油的。小道旁边的水塘上浮了一片片嫩绿的叶子，把水面遮得几乎都没有缝隙。我很奇怪，但毕竟是城里人，对这些一无所知。一到家我就问奶奶，原来农村实行了包产到户的政策，塘也平分了，因此家家都在塘里养了菱角。我今年还没有吃过菱角呢，去摘点来！我把想法告诉了表姐，就这样表姐、表弟、我和妹妹抬着打鱼的小划子向塘边走去。

我们把船推到塘里，这船最多坐两人。我不敢上，生怕掉到塘里，可表弟就爱逞能，他猛地一下跳到小船上，因用劲太猛，脚又立在船上，只见船猛烈地晃了几下，表弟因没站稳，"扑通"一下掉进了塘里，我吓得叫起来。但不一会儿，他那圆圆的脑袋就在水面上冒出来了，上岸时活像个水猴。我看他那狼狈相忍不住又笑了。这时表姐催我上船，我小心翼翼地上了船，船向中间划去。我顺手从水里捞了一下，突然手不知被什么划了一下，一看，嗬，菱角泡子下面结了许多菱角，不过还不太大，它的刺长得很长，像针一样。我才摘了几个，手就被划了几道印子，可表姐呢，她那双手如采茶姑娘采茶一样快，不一会儿摘了半篮，可我摘的只有表姐的三分之一。这时岸边的妹妹和表弟也用长竹竿把菱角叶往岸上挪，他们俩还不时问我们摘了多少，我只回答："不多。"说实在的，我还从没坐过小船在塘里玩过水，今天第一次，我显得特别激动。平时我总觉得乡下的孩子没什么好玩的，可这不也是一项很愉快的活动吗？

上了岸，我们把摘的菱角归在一起，足足一大篮，这下可把我们乐极了，该吃个够。我们还没等煮就吃起来，里面雪白的肉又嫩又甜，吃得可欢了，不一会儿地上已吐满了壳。奶奶在旁看了说我们是"馋鬼"，我们听了不但不反驳，反而高兴地笑了。

用心去体会生活

赏析／尤 爱

没有哪个孩子不爱玩，但城市的孩子与乡村的孩子玩的东西却是不相同的。没有经历过城市生活的农村孩子会艳羡城市的模型飞机、坦克、洋娃娃，还有热闹的儿童游乐场；没有见过农村生活的孩子则对农村的一切充满好奇。你看过满塘都是菱角的池塘吗？你在池塘里坐过小船玩水吗？你试过坐小船摘菱角吗？你吃过刚摘上来的菱角吗？我想很多城市的孩子都没有经历过这些。或许有人说这种玩意有什么好玩的呢？用心去体会你就能发现其中的美好。满塘的嫩绿，满塘的叶子，你一定想不到满塘的叶子下面是长满刺的菱角吧？小作者从城市来，对这些充满了好奇，因而发现了乐趣。几个孩子天真烂漫，熟水性的表弟还钻进了水底，冒出来的时候却像一个水猴，逗笑的样子惹得大家哈哈大笑。大家一起玩一起笑，多好啊！平时生活中，你有没有经常和朋友们一起玩一起开怀大笑呢？用心去感受去体会生活，你就会发现无论在哪里，生活都是美好的！

我们应该学习石磊那样，有决心，有毅力，如果我们能做到，也一定能钓到自己的那条鱼。

钓　鱼

◆文/石　磊

8月2日　星期天　晴

今天是星期天，天气炎热，我做完作业，爷爷说："小磊，我们去钓鱼好吗？"听说去钓鱼，我可高兴啦，这可是我第一次去钓鱼啊！我的眼前仿佛出现了一条条白花花的大鱼，便大声答道："好！"

爷爷和我一人扛一根头尖尾粗的鱼竿，来到了一条小河边。清亮透明的河水缓缓地流着，我们沿着那长满茂密碧绿青草的河堤，寻找钓鱼的好地方。清清的河水倒映着我们的身影。经过再三挑选，爷爷终于找到了一个水深鱼多的地方停下来说："一般鱼喜欢在水深的地方活动，就在这里吧！"我们坐在软绵绵的草地上，开始做准备。我的心怦怦直跳，手早就痒痒了，恨不得马上钓一条大鱼上来。

我忙手忙脚地上好鱼饵，急不可待地把鱼钩甩进水中。水花溅起，波纹慢慢地向四周扩散。我对爷爷说："我们来比赛吧，看谁钓得多！"爷爷笑着说："好。"只见他不慌不忙地上好鱼饵，轻轻放入水中。没过多久，爷爷的渔线动了，只见爷爷动作迅速地把鱼竿轻轻一提。我抬头一看，哈！一条活蹦乱跳的鱼被提出水面。这条鱼大约五寸长，银色的鱼鳞在阳光下闪闪发光，我羡慕极了。这时候，我的鱼钩一沉，我一阵紧张，以为是鱼上钩了，连忙把鱼竿使劲向上一甩，觉得还很重呢，提起来时，我看都没看，就高兴得又蹦又跳。过了一会儿，我再细细一看，真吃了一惊。啊！原来钓了一团破布。爷爷笑着对我说："这是你钓的鱼啊!”我一下子像漏了气的皮球。我又钓了好一会儿,还是没钓着,不耐烦了,便觉得钓鱼没意思,真想到别处去玩。爷爷好像看出了我的心思,对我说:“你不是学过《小猫钓鱼》吗?小猫三心二意,结果一条鱼也没钓着。一个人做事要一心一意,有毅力,才能做好一件事。”

听了爷爷的话,我又聚精会神地坐下来钓鱼了。今天钓鱼虽然我一条都没钓着,但使我懂得了一个道理:做事三心二意不行,只有一心一意才能把事情办好。

做事要有决心

赏析/郭 旭

可能我们都有过这样的经历:自己下定决心去做某事,刚开始时充满激情与希望,当问题与困难接踵而至的时候,信心开始动摇,激情被浇灭……

之后的我们常叹息、后悔、自责,为什么?

其实是我们内心总是想着玩,总是想着其他事,接着我们都会像故事中的小磊一样,信念开始动摇。刘翔哥哥是一心一意地训练,以惊人的毅力打败失败,这才取到金牌;姚明哥哥也是因为自己的刻苦训练,才能成为NBA的第一中锋的。

所以,我们应该学习石磊那样,做事有决心,有毅力,一心一意。如果我们能做到,也一定能钓到自己的那条鱼。

小时候的好心善良成为了永远的童真,永远难以忘怀!

给洋娃娃烤火

◆文/杨　华

10月29日　星期二　雾

今天是妈妈出差的第三天,我想妈妈不由得抱起我的塑料娃娃,那是我六岁生日的时候,妈妈给我的生日礼物。

这个洋娃娃可真大呀,足有二尺高,穿了一件粉红色的连衣裙,还镶着白边呢,漂亮极了。最有趣的是嘴里还叼着一个皮奶嘴,好像很香地吸吮着奶。当你把奶嘴拽下来的时候,它便“呜哇——呜哇——”地哭个没完,只要把奶嘴再塞进它嘴里,哭声便戛然而止。

我特别喜欢这个洋娃娃,当没有人陪我玩的时候,我就跟它说话,从此,我和它便成了好朋友。

记得深秋里的一天,我已穿上了毛衣、毛裤,可那个小娃娃仍旧穿着那件连衣裙,露出两条胖乎乎的小腿,多么冷啊!得给它找个暖和的地方。我抱着它走进厨房,发现火炉烧得红红的,很暖和,于是,我在火炉上面放了一块小铁皮，让小娃娃站在上面烤火。我搬了一个小板凳，坐在旁边陪着它。不一会儿，它的小嘴就一张一合的，我正在高兴的时候，只见小娃娃越来越矮了，还冒出了缕缕青烟和一股呛人的焦煳味，看到这种情景，我“哇”的一声哭了起来。

妈妈赶紧跑过来，从火炉上拿下小娃娃，问我是怎么回事。我抽咽着说：“我怕它冷，要用毛衣裹起来又怕把它闷死，所以……”这时，妈妈哈哈地笑起来，然后给我讲起原因来。

这时我才明白，塑料是不能放在火炉上烤的。

塑料娃娃总是在我寂寞的时候做我的伙伴，是我的好朋友。

永远的童真

赏析／尤　爱

我相信每个孩子小的时候都有一两件难忘的心爱的玩具。你小时候的玩具是什么呢？一个洋娃娃？一个小木偶？还是一部四驱车？还记得你的玩具是什么样子的吗？或许你现在长大了，把小时候的玩具藏在箱底了。那时候你有没有和它成为好朋友呢？小时候，当父母去上班，当你一个人的时候，你心爱的玩具朋友就会陪你玩，你们一起说悄悄话，一起过家家，一起玩游戏。文中的小朋友很可爱很善良，也很童真，她觉得天冷小玩具娃娃也会冷，于是帮它找一个暖和的地方，让它烤火。可是没想到小娃娃是塑料的，于是小娃娃就被烧坏了。小时候什么也不懂，因为什么也不懂，做出的事情才让人哭笑不得，才可爱，才真实。童年太美好了，一件件有趣的事情，在长大后回想起来，还是那么美好，那么有趣。小时候的好心善良成为了永远的童真，永远难以忘怀！

只有是自己努力后实现的梦，我们才会感受到那一份最亲切的喜悦。

扎 风 筝

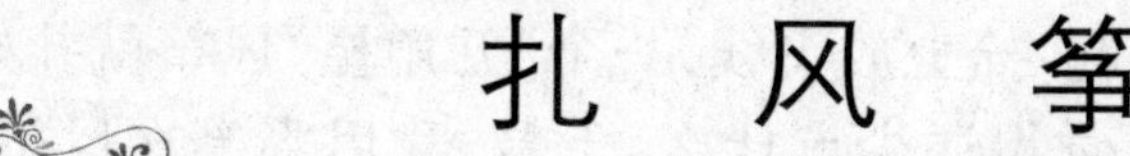

◆文/王林杰

4月22日　星期日　晴

春天风和日丽，正是放风筝的季节。今天星期日，早上，我在我家附近的广场上看人放风筝。天空飘着各式各样的风筝，有蝴蝶、老鹰、蜻蜓……千姿百态，五颜六色，将天空点缀得那么美丽。多么渴望自己也有一只风筝啊！

我回家央求爸爸给我买一只。爸爸沉思了一会儿，说："买的不好，咱自己扎吧。"我不高兴地说："那么费事，哪比得上买现成的好！"爸爸说："自己动手扎的，放起来才有意思，才能体会到劳动创造了美。"我眨巴了一下眼睛，心想也是。"那您就教我扎吧。"我的脸"由阴转晴"了。爸爸问我："你想扎个什么样的？"我想了想说："扎个五角星的吧，要红色的。'红星闪闪，放光彩。红星闪闪，照我心……'"我一边说，一边学着潘冬子的样子唱着，逗得爸爸大笑起来。

爸爸找来了扎风筝的竹条、彩纸等，便开始扎了起来。爸爸当导演，我当演员。我用五根细竹条，摆成了一个五角星，爸爸帮我用线扎结实，框架扎好了，就该糊红纸了。我把竹条都涂上胶水，爸爸帮我仔细地把纸糊上。接着，在五角星的五个角的顶点系上了五根等长的线，又把五条线系在一起，拴上放飞线，一个“五角星”风筝就扎好了。看着面前的风筝，我总觉得还少点什么，于是，我用彩笔在风筝上画了一只和平鸽。爸爸看了，还一个劲地夸我有“艺术细胞”呢。

我迫不及待地想检阅一下自己的劳动成果，让我那美丽的五角星和和平鸽一齐飞上天空。

我和爸爸来到广场，爸爸擎着风筝在前面跑，我拽着放飞线。风筝终于飞上了蓝天。它载着我的理想、我童年的梦，飞上了碧蓝碧蓝的天空……

向往蓝天的理想

赏析／佚　名

在我们成长的道路上，有太多的风雨；在我们前进的路上有太多的挫折。但，我们并没有因此而放弃，而是更加努力地前行，支持我们的，是梦想，是那一个追寻的梦。梦想，梦想，是我们的梦，是我们的希望。

风筝的飞扬，是“我”那一份向往蓝天的理想、童年的梦。为了这梦的追寻，“我”在爸爸的帮助下凭着自己的努力，最终实现了这一梦想。对的，只有是自己努力后实现的梦，我们才会感受到那一份最亲切的喜悦。

日记条理清晰，把“我”扎风筝的起因、经过和结果欢快简明地记述下来，情感真挚，内容朴实，是一篇不可多得的好文章。

多么灵活聪明的小朋友啊，不但懂得自己做工具，在失败的时候还不气馁而继续努力。

捕　蝉

◆文/杨　蓉

7月3日　星期四　晴

七月的骄阳，火烧火燎的。我们村前的几棵大树上，传来了“知了，知了——”的叫声，好像开着热闹的音乐会，我多么想捉上几只蝉呀！

经过了一番准备，今天下午，我提着一只自制的放蝉笼子，扛着用塑料网、竹竿制作的捕蝉工具，向大柏树林跑去。

蝉在“知了——知了——”地叫着，在一棵大树下，我看见一只蝉正趴在树干上。我高兴得跳起来，举着网兜便扑过去。我第一次捕蝉，太激动了，网兜在空中晃动，还没等到下罩，蝉就“吱”地一声飞走了。

清代诗人袁枚的诗句“牧童骑黄牛，歌声振林樾。意欲捕鸣蝉，忽然闭口立”启发了我。这次，我小心翼翼、蹑手蹑脚地向一棵大树走去。只见一只蝉趴在树杈里，我轻轻地慢慢地移动竹竿，可是这一次又没捉到。这次是下罩时，蝉从树杈的空当里飞走了。第二次捕蝉失败了，使我懂得：捕蝉除了要不让蝉发现，还要注意蝉停歇的位置，当网兜上去，蝉只有走投无路时才会落网。

这次，我仔细察看，发现一只蝉趴在大树背面。我屏住呼吸，轻手轻脚走过去，躲在树干旁，当竹竿离蝉只有两寸远时，猛地一下罩住，蝉还不知道是怎么回事，就“扑、扑、扑”地落在网兜里了。“捉到了！”我高兴得又蹦又跳，把蝉放进笼里。

就这样，一只、两只、三只……捉了好多只。看着笼子里的蝉，我高兴极了。

聪明的孩子会捕蝉

赏析／丘会珍

七月蝉鸣，在树阴间叫嚣着夏日炎炎。树阴下，孩子们轻轻地靠近，猛地一下把蝉给罩进网兜里，欢快的笑声撒满林间，令人满心向往的怡然的生活。

小作者生长在农村，自然懂得夏天捕蝉的乐趣，并且“我”还自制了放蝉笼子和用塑料网、竹竿制作的捕蝉工具，多了不起的动手能力啊。在捕蝉的时候，小作者能够仔细观察和思考，发现了自己捕蝉失败的原因，并且能够吸取教训，避免了再犯同样的错误，不急躁、不慌张，看准时机，“屏住呼吸，轻手轻脚走过去，躲在树干旁，当竹竿离蝉只有两寸远时，猛地一下罩住”，成功地把蝉给捕到了。多么灵活聪明的小朋友啊，不但懂得自己做工具，在失败的时候还不气馁而继续努力。

瞧，我的自画像

留给自己一个梦

长长的头发
淡淡的眉
不听话
睡醒了也乱七八糟

眼底是秋日的天
高得那么深
颜色是淡淡的蓝
纯真的瞳孔
有点忧伤
在心思的无邪里闪亮

我们只要运用好自己的勇气与智慧，成功就离我们越来越近了。

我爱逞能

◆文/马　欣

8月1日　星期一　晴

大家都说我爱逞能，今天我就说说这件事。

要说爱逞能，我可是当之无愧。七岁爬东单公园的飞机翅膀，八岁上房捉水牛儿，都已经是小菜一碟。这么说吧，别人不敢干的事我全敢干。记得八岁那年的一天中午，下起了大雨。妈妈正在厨房做饭，只听“呀”的一声，原来厨房漏雨了，一串串水珠正好滴在油锅里，噼噼啪啪地炸个不停。爸爸不在家，我可是家里唯一的男子汉了。“我去铺油毡！”说时迟那时快，我跑到厨房旁边的大榆树下，噌噌噌几下就上了树，又从树上一个箭步蹿到了房顶上。奶奶打着伞一百个不放心，嘴里不停地喊着：“慢点儿，慢点儿……”，妈妈一边递油毡一边数落着：“你呀，就爱逞能。”我接过妈妈递过来的油毡认认真真地铺起来。雨还在下着，风吹着雨丝扑打到我的脸上，我抹了一把脸上的雨水，冲妈妈喊：“您递给我砖头！”我接过一块块砖头，压住了油毡。“不漏了，不漏了！”厨房里传出了妈妈的喊声。我顺着树干滑了下来，奶奶边给我打伞边笑着说：“我的大孙子也能干活了！”她老人家的脸上简直乐开了花。回到屋里，妈妈一边拿手巾给我擦脸上的雨水，一边说：“哼，逞能！”我也猜不出妈妈到底是嗔怪还是夸奖，反正我心里美滋滋的，真比吃了蜜还甜。你看，胆不大行吗？这次逞能立了一大功。

不过，为逞能，我也吃过不少苦头。九岁那年，我就干了这么一当子冒险的事儿，现在想起来还后怕呢。

那天，我跟几个同学在一个工厂的大烟囱底下玩，玩一会儿，总觉得不够刺激，我又开始逞能了："咱们爬这个大烟囱吧！"伙伴们抬头望望高耸入云的大家伙，有的摇脑袋，有的吐舌头，都不吭声了。"瞧我的！"我几步跑到烟囱下，望着烟囱里冒出的一股股青烟，说实在的，我真犯怵了。可谁让我夸下海口逞能呢，也只好硬着头皮豁出去了。我心一横，牙一咬，登上了安在大烟囱上的第一个铁攀头，一蹬、两蹬……每往上蹬一下，我的心就砰砰地跳一阵，双手紧紧地抓住上面的攀头，真怕掉下去，向下望，真有点儿眼晕啊！一切都显得那么小，不知是高兴还是害怕，我的腿在发软，赶紧往下撤。我都不知道是怎么下来的。双脚一着地，同学们都围住了我，竖起拇指夸我胆儿大，我只好装出一副若无其事的样子说："这算什么！"回头再看那又高又大的烟囱，说实在的，真后怕呀！

随着年龄的增长，我知道了什么时候该逞能，什么时候不该逞能。小学上五年，我在哪方面也不比别人落后，也许因为这个缘故吧。我当上了中队委，同学们也都挺服气。我就是这么一个爱逞能，又知道了该怎么逞能的人。

智慧和勇敢

赏析／李冠华

正如作者所说的，我们要分清楚什么时候可以逞能，什么时候不该逞能。作者就是分不清逞能的尺度，结果爱逞能有时候帮他立了大功，有时候却为他惹来麻烦。读完文章后，给我的启发就是：我们要勇敢，我们也要学会看情况行事。勇敢使人不怕困难、信心坚定。但是盲目的勇敢就像一只没有头的苍蝇，终有一天会撞上泥墙。所以，我们也要学会运用智慧。我们只要运用好自己的勇气与智慧，成功就离我们越来越近了。

在每个孩子身上，都有一个好孩子和一个坏孩子，“双胞胎”乐乐也这样。

“双胞胎”乐乐

◆文/郑乐乐

3月9日　星期五　小雨

我叫郑乐乐，今年十岁，上四年级。我是父母的独生女儿，心肝宝贝。可他们老说自己有一个“双胞胎”的乐乐：一个是“先出世”的在学校里的好乐乐；一个是“后出世”的在家里的娇乐乐。

在学校里的乐乐，可是个好孩子，尊敬老师，团结同学，关心集体，热爱劳动，上课专心听讲，发言积极，学习刻苦认真，成绩优良。上学期，学校举行数学智力竞赛、作文比赛，乐乐都获得了第二名。在搞好自己学习的同时，乐乐还积极参加许多有意义的活动：支援灾区，乐乐把自己的零花钱大大方方地捐出来；集资办学，乐乐又毫不犹豫地把“压岁钱”拿出来；班上的畚箕、扫把坏了，乐乐省下自己的早餐费，买个新的，悄悄地送到教室里；同学们有困难，乐乐总是热心地帮助；搞卫生的时候，乐乐又挑脏活重活干；文艺汇演的时候乐乐又是弹琴，又是跳舞，格外活跃；乐乐还是学校少先队大队部的广播员呢！每学期乐乐都被评为学校里的“三好学生”，上学期还被评为“优秀升旗手”。这样的乖乐乐，爸爸妈妈常说有十个也不多。

可是在家里的小乐乐完全成了另一个人：虽然是四年级的学生，但还十分娇气，饭菜稍不合口味，就一屁股坐在板凳上，撅着嘴巴鼓着眼睛，不说也不笑，勉强吃几口，有时干脆不端碗，说声“不吃啦”就跑去玩了；有时妈妈叫她学拖地板，乐乐就把嘴撅得老高老高，能挂上几把油壶儿，将拖把往地上一丢，说："拜拜！"甚至还做个鬼脸气妈妈；有时候爸爸叫乐乐帮助做些力所能及的家务活，可乐乐半天还没动静。

爸爸妈妈只好说："唉！我们只想要学校里的那个乖乐乐……"

听了爸爸、妈妈的话，我暗下决心：不能再这样下去了，要做一个家里、学校里一样好的乖乐乐，再不让父母说他们有一个"双胞胎"的乐乐。

好孩子 VS 娇孩子

赏析／陈艳芳

在每个孩子身上，都有一个好孩子和一个坏孩子，"双胞胎"乐乐也这样。

在学校的乐乐是一个能够吃苦耐劳、品学兼优的好孩子，而在家里的乐乐却任性懒惰、娇生惯养。在乐乐身上，我们很多小朋友都看到了自己的影子吧，在学校里很乖巧，而在家里却很任性，专门欺负妈妈。或许，这是因为在家里从小就受大人宠爱吧。其实，"可怜天下父母心"，父母抚养我们是很辛苦的，而我们很多人都身在福中不知福，不懂得珍惜父母的爱，没有感恩之心，就像文中的娇乐乐一样，明明很多事情都是可以做好的，但乐乐偏偏要耍脾气。谁会喜欢任性懒惰的孩子？然而，值得高兴的是，乐乐已经觉醒了，他(她)已经下决心，做一个家里、学校里一样好的乖乐乐。我们相信，在乐乐身上，好孩子很快就可以打败娇孩子，使乐乐成为一个真正的好孩子。

骄傲自大的人，只看到自己的好的一面，而自卑的人看到的，只是自己不好的一面。

自我画像

◆文/刘文星

8月28日　星期五　晴

今天我整整十岁了，按照爸爸的说法，我是男子汉了，想知道真正的我吗，让我来告诉你。

圆圆的脸蛋，两道曲眉就好似凌空高悬的一弯新月。一双充满希望而沉静的眼睛，最引人注目的是镶嵌在脸上的小酒窝，一笑就露出来，特别惹人喜爱。你猜他是谁？就是我！

我不像那些整日蹦蹦跳跳的男孩子，也没有一副“女儿气”。亲戚们都说我乖巧，性格内向。虽说我是“五尺男儿”，却很胆小，可能是由于我属鼠的缘故吧！

俗话说：“人不可貌相，海水不可斗量。”别看我平时那么一本正经，闷声不响，其实呀，当没有别人时，我就“原形毕露”，一遇到困难就退缩，所以自己时常为此发牢骚。

那天晚上，皎洁的月光在灰色天幕的衬托下显得更加幽静、和谐，使人油然而生清静之感。这感觉既叫人舒服，又叫人欢畅；既愿久立四望，又想坐下低吟一首优美的小诗。今晚我却拉开了手工制作序幕——做两个正方体模型。我觉得小菜一碟，脸上不时露出得意的神情，随手捧起硬壳纸。起初一帆风顺，可渐渐地工序愈来愈复杂，我突然感到心烦意乱，最终因一时之怒而火冒三丈，把快完工的正方体撕得粉碎：“哼！不做了，今天一点儿也不顺心！”这就是我最大的缺点。

我决心今后遇到困难不气馁，知难而进，享受那取得胜利的喜悦。

尽管我缺点很多，但毕竟也有优点——酷爱看书。在学习疲乏之余，我总爱用看书的方式来消除疲劳。每当我见到数学难题，就千方百计地解答，哪怕绞尽脑汁；每当见到抒情散文时，我就似饥若渴地阅读，领会文中的意义；每当我在书中认识一位历史伟人时，就立下了远大的志向。无论看什么书，我都能从字里行间得到无穷的乐趣，品味出其中蕴含着的哲理。一位名人说过："书籍是知识的总结。"因此，我需要多看书，获取更丰富的知识。

瞧，我就是这么一个人，欢迎你们多和我交朋友。

难能可贵，从两面看自己

赏析／尤　爱

骄傲自大的人，只看到自己的好的一面，而自卑的人看到的，只是自己不好的一面。这些都是不可取的。看到自己的优点而忽略其缺点，会变得骄傲，阻碍自己的前进。看到自己的缺点而忘记自己的优点，同样会失掉自信不利于自己的发展。

所以，我们要从两面看自己，既看到自己优点也看到自己的缺点。从两面看自己，是理智的，更是难能可贵的。

文中的小作者却从两个方面来画出自我的形象，这是非常可贵的。让我们读者看到一个完整的他，一个有缺点有优点的非常可爱的他。从两面看自己是难能可贵的。希望我们都能从两个方面来勾画自己的形象。

有几个孩子在一岁零十个月的时候可以背唐诗，冬冬就可以背《卖炭翁》，多聪明啊！

可爱的我

◆文/赵集川

4月27日　星期四　晴

今天老师让大家写各自的特点，我的题目是“可爱的我”。

同学们，看了题目你们一定会觉得好笑。但是，大家的确都说我可爱。

我小时候总爱发烧，身体不好。为了帮助我锻炼身体，直到三岁，妈妈还拉着我到户外跑步，和我踢一会儿足球。人们看见都说：“这小孩儿真可爱。”我的记忆力很好，刚刚一岁零十个月，我就能背下白居易的《卖炭翁》。人们说：“不到两岁就能背唐诗，多可爱呀！”

上了小学一年级，老师留的作业比较多，再加上我写得太慢，就没有那么多时间玩了。记得那是一场罕见的大雪，我高兴地想：“这下我可以堆雪人，打雪仗了！”可我的作业还没写。偏巧邻居家的小朋友拿着小铁锹来找我去堆雪人，我说：“等我写完作业就去找你们。”当我写完作业时，天已经黑了，小朋友都回家了，只有一个雪人孤零零地站在瑟瑟的寒风中。我走过去，正了正那顶歪戴在雪人头上的草帽，小声说：“小雪人，你真坚强，明天我还来和你玩。”我好像听见小雪人说：“冬冬，你真可爱！”

到了三年级，有一位同学一道题会两种解法，老师说他是全班最聪明的同学。我很不服气，回到家，我把所有的应用题都用两种解法做了一遍。有一道题我怎么也想不出第二种解法，妈妈让我吃饭，我说："等会儿。"爸爸让我去睡觉，我说："等会儿。"十点多了，大家都睡了，我还在那里想。妈妈翻过身来突然问我："冬冬，你到底要干什么？"我哭了："我真笨！这道题就是做不出第二种解法！"妈妈拿过书一看，笑了，说："傻孩子，这道题只有一种解法。"我这才上床睡了。经过努力，期末考试我取得了全班第一的好成绩。在北京当老师的大舅母看到我的成绩，也夸奖我说："冬冬，你真可爱！"

这样的孩子最可爱

赏析／许妍敏

《可爱的我》在我们面前展现的是一个活泼聪明的乖孩子，这个可爱的"我"，就是可爱的冬冬。

有几个孩子在一岁零十个月的时候可以背唐诗，冬冬就可以背《卖炭翁》，多聪明啊！能够坚持做完作业才去玩，真是自觉自律的乖孩子！尽管天黑了，却仍然去找朋友们，这不是守信用是什么？因为不服气而自己主动钻研习题，这不就是有上进心、好学吗？解题解到家里人都睡了还在做，这不是刻苦是什么？因为做不出第二种解法而哭了，这不是可爱是什么？因为努力才在期末考试取得全班第一的好成绩，这是多么骄傲的事情啊。

因此，这样一个乖巧冬冬，才会被人们、雪人、大舅母称为"可爱"。踢足球的"我"，因为充满活力而可爱；会背《卖炭翁》的"我"，因为聪明而可爱；坚持做完作业才去玩的"我"，因为自觉而可爱；天黑了还去找朋友的"我"，因为守信而可爱；努力解题的"我"，因为执著而可爱；考第一的"我"，因为优秀而可爱。

只要保持那份自信，重新来过，就会获得人生中最大的成功。

班长我能当

◆文/王　刚

7月14日　星期四　阴

听别人讲，不想当元帅的士兵不是好士兵。我想：不想当班长的学生也不是好学生。今天，我们班竞选班长，我也要参加竞选。

首先，自我介绍一下，我叫王刚，个子长得高，可以说是高大魁梧，英俊不凡。我非常有气魄，能给人以威严的感觉。怎么样？单看外表你就该投我一票了吧。当然，我能不能当选还得由大家决定。下面请听我的“施政纲领”：

假如我当了班长，我会把课外所有的精力都献给咱们班集体。我会像周总理那样，为了大家不辞劳苦、任劳任怨。

首先，我会在班里实施“绿色行动”。汽车排放有害气体、工厂排放污水我管不了，但是，我可以从小处着手，为保护地球环境做一些力所能及的事，比如不乱扔废纸，不随地吐痰。我想在咱们班成立一个“保护地球废品回收站”。大家可以把用过的纸、练习本、饮料瓶积攒起来，积少成多嘛，然后交到我的“回收站”，我再换成钱，买来树苗、花籽，带领大家种在校园四周，种在教室的花盆里，让鲜花和绿叶陪伴我们读书。让咱们教室一年四季春意浓浓，充满生机，充满活力。这样做，我们的校园又洁净，又美丽，还能为学校节省资金，你们说，这是不是一箭三雕的“良策”呀！

为了丰富班里文化娱乐活动，活跃气氛，我还要实施一系列别出心裁的行动计划。每天早晨教唱大家一首新歌，那可是咱们自己的歌曲，非常非常好听。每周还要进行一次“校园论坛”活动，内容都是咱们平时学习、工作和娱乐当中的热门话题，设正方和反方进行辩论，我相信，大家既会说得开心，又会学到许多课本上学不到的东西，还能锻炼大家的胆量和口才。

我还有一个绝妙的主意，大家肯定想不到。同学们平常很为自己的桌椅出现“毛病”而烦恼。别着急，我来了，我的“修理小分队”将无偿为您服务，不光修理桌椅，我们的业务还广着呢：你的钢笔、文具盒坏了，我们来修；你的衣服、鞋子出了问题，我们为你分忧。急你所急，想你所想。班里的公用设施如投影仪、板擦、圆规、大三角板等，也是我们的服务范围。总而言之，为您，为大家，为班集体分忧解难，是我们修理小分队的根本宗旨。

同学们，你们看，我的治班“良策”怎么样？还算有两下子吧？在大家面前，我敢立下军令状：如果我当班长以后，在半年之内不能改变咱们班的现状，那么，我立刻引咎辞职。我敢胸有成竹地说：“我有实力当好这个班长。”

自信是成功的第一步

赏析／何晓婷

班长，我曾经梦想，却不敢妄想，因为我并没有这位同学的自信与计划。

自信是成功的第一步，做每一件事情，我们都应该对自己充满信心。作者对自己外貌的夸张描写，恰好能够表现出他的自信。

凡事有计划地进行，总是比别人距离成功更近一步。作者将自己对班级管理的想法用分点的方式一一叙述，足以证明他的逻辑思维能力，从他的周详计划里，我预见了他的未来——成功的环保人士或精明的企业家。

作者还提出了“校园论坛”这个大胆设想，真是出人意料。

这个日记给我们的启示是：既然有着满怀的信心和周详的计划，那就要竭尽全力，即使短期内没有什么改变，也不能够轻言放弃，只有坚持到底，才会成功；即使最后失败了，也不能够从此倒下起不来，只要保持那份自信，重新来过，就会获得人生中最大的成功。

她活泼可爱，一张圆脸稚气而机灵，头发乌黑，“活像一朝鲜姑娘”；静如绵羊，动如猴子。

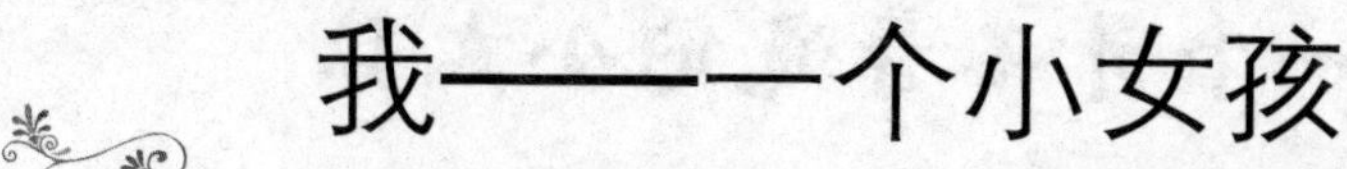

我——一个小女孩

◆文/刘冰棱

5月25日　星期二　晴

我姓刘名冰棱，今年九岁，是向阳小学三年级学生，本学期在担任中队长，下学期就读四年级了。我想，大家一定还不太熟悉我，那就做个自我介绍吧。

我的模样没什么特殊，只是个子不太高。在家里，奶奶常说：“你爸高，你却矮，真是一个高个子生了个矮个子。”一张稚气的圆脸，一头乌黑的头发，像个盖扣在脑袋上，活像一朝鲜姑娘。

我是个名副其实的“两面派”。在学校里，我老实得像一只温柔的绵羊；而在家里，我又调皮得像一只好动的猴子。

我最显著的优点有这几个：一是在家帮助奶奶搞家务。有时洗碗，有时扫地，倒垃圾。二是我很喜欢学习，尤其酷爱数学。每天上学路上，爷爷一边送我，一边出二十道数学口算题，要求我算得又对又快。如果题没算完，就决不罢休。而且我常在心里练口算，所以心算速度快。三是我是一个坚强有勇气的孩子。不管学哪样，总能坚持到成功。比如每次爬杆、吊杆，由于我坚持苦练，动作敏捷得像一只猿猴。学写大字、学滑冰、学跳绳等，我也都靠这种惊人的毅力达到了预定的目标。

不过，我也有自己的缺点，那就是“慢”，不改掉这个坏毛病，一辈子没出息。所以，我认识到：“做任何事，都要加快速度，而且是完全做得到的。只要下决心改,一定会抛掉这个‘慢’字。”总之,发扬优点,改正缺点,就能成为有用的人才。

这就是我,一个普普通通的小女孩。

一个并不普通的小女孩

赏析/程光

一个自称为“普普通通”的小女孩,自我介绍却独具特色,让读者看到了一个极具个性、充满自信的小女孩。

她活泼可爱,一张圆脸稚气而机灵,头发乌黑,“活像一朝鲜姑娘”;静如绵羊,动如猴子。这多像邻居家的小女孩啊,活泼好动,聪明可爱。这位小姑娘还有着令人称赞的优点,并且能认识到自己的缺点,能够主动改正,有志气有理想。

而且,我们这位小姑娘多才多艺,心算、写大字、滑冰、跳绳、爬杆、吊杆样样都难不倒她,最令人称道的是她孝顺老人,在家帮助奶奶搞家务,洗碗、扫地、倒垃圾,是能干的小主人。这个坚强有勇气的孩子,充满自信,不管学哪样,总相信自己能成功,也坚持做到成功,这是多么好的品质啊!所以,她这位中队长才能够给同学们做个好榜样。

这个立志成为有用人才的小女孩不普通。

这是一个感情丰富的女孩子，拥有一颗敏感而纤细的心，因此她把心藏得深深的，不轻易显露，害怕受到伤害。

我

◆文/周明萤

7月3日　星期三　晴

我，一个平平常常的我，既没有嫦娥那样的风采，更没有西施那样的婀娜。小小的眼睛，小小的鼻子，小小的嘴，外表给人一种小的感觉。

“性格内向，平时沉默寡言，不爱表现自己。”这是老师和同学对我的一致评价。我不否认我的确是这样一个人。时遇挫折，时遇不顺，我在大家面前从来不流露丝毫，只愿在背地里哭鼻子，以此来拂去心头的阴云。在学习顺利、诸事如意的时候，我也和大多数女孩子一样，说说笑笑，蹦蹦跳跳，来表达自己胸中的喜悦之情，可是总不能像有的女孩子那样毫无顾忌地表现自己，这是我的一大特点，也许是一大缺点吧。

我爱好体育，是学校体育队的队员。与其说是队员，倒不如说是普通学生，因为我在正式比赛的时候总不能充分发挥自己的水平。比如在去年秋季运动会上，由于往日运动过度，不注重科学性，结果打出了最低水平。尽管这样，我仍迷恋于体育。

画画是我的专长，不论书本上，还是笔记本上随处都留下我绘制的小动物、小人物、远山近景等。在高兴的时候描绘几笔，喜悦之情就表现得淋漓尽致；在烦恼的时候随手操起画笔，思想便情不自禁地被带入了画境之中，所有的烦恼也不知不觉地烟消云散了。尽管画得不好，但我还是喜欢它，把它视为“掌上明珠”。

优点固然存在，但缺点也是难免的，意气用事是我最大的缺点。经过几次深刻的教训和自己仔细的考虑，这个缺点虽然大有改观，但要彻底去掉它，还需要我付出更大的努力。

我就是我，一个极平常的我，一个在众多的女孩子中不易被人发觉的我。

敏感而纤细的心

赏析／许妍敏

在这篇《我》当中，我感觉到了一颗细小的敏感的充满热情却又不善于表达的心，它是被老师和同学一致评价为“性格内向，平时沉默寡言，不爱表现自己”的女孩子的心。这个女孩平平常常，小小的，从来不流露内心的想法，喜欢说说笑笑却有所顾忌，爱好体育却缺少信心，把失败归咎于自己。比起与人交谈，她更喜欢通过图画来抒发感情。这是一个感情丰富的女孩子，拥有一颗敏感而纤细的心，因此她把心藏得深深的，不轻易显露，害怕受到伤害。

但是，她又是这么地热爱生活，喜欢充满活力的体育运动，喜欢表达情感的图画，就连她的意气用事也只是率真性情的表现。

“我”并不甘于做一个在众多的女孩子中不易被人发觉的“我”，嫦娥那样的风采、西施那样的婀娜，才是“我”内心深处的愿望。

感动系列

留给自己一个梦

咱家的幸福因子

你有家
他有家
我也有个我爱的家
你有妈
他有妈
我也有个我爱的妈
家是避风的港湾
妈是掌舵的水手
快乐成长真幸福

"我"相信当"我"珍惜每一粒来之不易的粮食时，天上的太姥爷正在对着"我"微笑。

回忆太姥爷

◆文/刘韶华

4月5日　星期二　小雨

今天是清明节，我望着太姥爷的相片，热泪不由得夺眶而出，往事像电影一样一幕幕出现在我眼前。

记得那年太姥爷来北京看望我们，临走时妈妈买了许多糕点带给乡亲们，特意给我买了一包我最爱吃的巧克力夹心饼干。我高兴地把饼干盒拿出来，正要往里放时，看见盒里还有几块奶油饼干，就顺手拿起来，往厨房走去，正准备扔时，被太姥爷看见了。太姥爷和蔼地问："岳岳，为什么要扔呀？""饼干已经放了好几天了，不新鲜了。"我理直气壮地说。"这怎么能行呢！"太姥爷生气了，他的神情变得严肃起来，声音也提高了，"在乡下，我每次吃饭时，都把碗里的饭吃得干干净净，从不留一粒米。偶尔掉到桌上的饭粒，我都拾起来吃掉。这么好的饼干,你不吃却要扔掉,太不像话了!”“我……我……”我支支吾吾的,不知说什么好。太姥爷似乎没有注意到我的表情变化,他慢慢地走到窗前,默默地望着远方,然后自言自语地说:“城里的孩子哪知道庄稼人的辛苦,哪知道粮食来之不易。不能认为日子过好了,粮食就可以浪费了。”“太姥爷,我错了……您别生气了。”我走过去拉住太姥爷的手说。他轻轻地抚摸着我的头发,许久没有说话。

没想到,那次见面竟成了最后的永别。太姥爷由于劳累过度,永久地离开了我们。虽然他已经病故多年,但他那慈祥的面庞、和蔼的话语和他那爱惜粮食的美德却永远留在我的记忆里。

珍惜来之不易的粮食

赏析/龚　卓

古人说:“锄禾日当午,汗滴禾下土,谁知盘中餐,粒粒皆辛苦。”太姥爷把他的一生都奉献给了土地,把一生的情感都倾注给了那来之不易的粮食。“我”和许多城里的孩子一样,没下过田、种过地,根本不能理解长辈们对粮食的感情。太姥爷的话并不严厉,却如重锤般敲打着“我”的心房。如今太姥爷虽然永久地离开了“我”,但他珍惜粮食的美德将会一直在“我”身上传承下去。

“我”相信当“我”珍惜每一粒来之不易的粮食时,天上的太姥爷正在对着“我”微笑。

爷爷就像一盏灯，照亮了自己也照亮了别人，我们也要做一个这样的人，努力为他人做一些力所能及的事，为这个社会做出自己应该做的贡献。

我爱我的爷爷

◆文/莽　昱

10月20日　星期六　晴

今天，我想写我的爷爷。

我有一位和蔼可亲的爷爷，他是一位自学成才的小学教师。他虽然已经退休了，可是仍然默默无闻地干一些力所能及的事，毫不吝惜地奉献着自己的余热。

爷爷曾经多次为楼里的居民们摸黑去接断了的保险丝；在刺骨的寒风中，为维护社会治安去巡逻放哨；在烈日炙烤下，爬上楼顶去修公用天线……是他精力过人吗？不，他身体瘦弱，曾做过胃切除手术，体重还不满八十斤，并经常是疾病缠身，但他却乐于为别人服务。

隆冬的一天早上，楼道里传来“咚——咚——”的声音，把我从睡梦中惊醒。怎么回事儿？我马上穿好衣服出去查看。原来是有人在捅垃圾道。这背影好熟呀！是我那瘦得弱不禁风的爷爷。我奔上楼梯，一股酸臭霉烂的气味冲鼻而来。我叫了声“爷爷”。爷爷回头一看：“哟，是小昱啊，怎么不睡了？”

“您这两天感冒了，怎么能捅垃圾道呢？”我心疼地说。

“没事。”爷爷说着，又拿起棍子，用足浑身力气继续使劲地往上戳起来。他一棍接一棍，可垃圾连动也没动。我一看劝不住爷爷，就连忙跑回家把表弟叫来，替下了爷爷，并劝爷爷道：“您回去歇会儿，我俩来捅。”爷爷同意了，缓缓地走下楼去。我们正干得起劲，忽然楼下又传来了"咚——咚——"的声音,我顿时明白了,是爷爷又跑到楼下捅垃圾去了,这样好让垃圾道尽快畅通。我吩咐表弟接着捅,然后便迅速奔下楼,只见爷爷一边捅着,一边喘着粗气,还不时地用袖子擦着汗。我走上前一把将棍子夺了过来,望着爷爷满脸的灰尘和汗水,还有那憔悴的面容,我的鼻子一酸,眼睛模糊了。透过晶莹的泪花,我仿佛看到爷爷那瘦小的身躯变得渐渐高大……

我爱我的爷爷。爷爷的身上有一种闪闪发光的东西,那便是朴实、勤劳,以及当今时代所提倡的雷锋精神,它将永远鞭策我前进。

奉献的精神鼓舞我前进

赏析/刘英俊

看完了这篇日记,我很羡慕作者有这么一个默默无闻,但无私奉献的爷爷。

作者的爷爷身材瘦小,体弱多病,但他仍时时不忘服务他人。文中最感动我的是当"我"和表弟把爷爷劝回去休息之后,爷爷又忍不住回来了,为他人服务好像是他血液中的东西一样。爷爷虽然没有用口每天教育"我"要如何做人,但他用自己的实际行动给了"我"最深刻的教育。

作者的爷爷就像一盏灯,照亮了自己也照亮了别人,我们也要做一个这样的人,努力为他人做一些力所能及的事,为这个社会做出自己应该做的贡献。

这种负责勤劳的精神值得我们每一个人学习，让我们学习爸爸，做一个对社会有用的人吧！

归来的爸爸

◆文/孙　怡

4月30日　星期二　小雨

今天是最令我难忘的日子，因为我爸爸赴南极考察胜利归来了。

我怀着激动的心情，和妈妈以及爸爸单位的领导伯伯，乘车来到了码头，去迎接凯旋的勇士们。我们站在码头边，远远地望见了“极地号”轮船的影子，天下着丝丝细雨，像是亲人们绵绵的情丝溶在了雨里。我穿着节日的盛装，翘首盼望着亲爱的爸爸，恨不得一步跨到船上。爸爸站在船上，他看见了我们，激动地向我们频频招手。我的心里顿时乐开了花，眼睛一眨不眨地盯着爸爸。

那“极地号”好像故意捉弄我，还是不紧不慢地靠向码头。顿时，码头沸腾了，欢迎的锣鼓声，人群的欢呼声，响成一片。各级领导们走上船，祝贺南极考察队员胜利归来，我也迫不及待地随着大人、孩子登上舷梯，兴奋地扑在爸爸那宽厚而有力的怀抱里，爸爸见到我的第一句话是：“怡怡，我把你们学校的‘全国红旗大队’赠送中山站的贝雕工艺品——‘大自然的孩子’，送到了中山站站长手里，并挂在了中山站的墙上。”我高兴地说：“我替我们全校师生，谢谢爸爸。”我看着爸爸，心里想：我有这样的爸爸，是多么幸福！

5月1日　星期三　晴

今天，我没等爸爸休息好，就死死地缠着爸爸问这问那：“南极的小企鹅真的不怕人吗?南极的夏天真的没有黑夜?南极的冰块真的能吞没大轮船吗? 南极真有许多宝藏? ”爸爸笑呵呵地说:“看你一下问这么多问题,让我怎样回答?”我不好意思地笑了。爸爸从包里拿出南极的一种“地衣”给我看,原来,这一寸多长的“地衣”在南极要生长一百年之久,我想,若不是亲眼所见,真是难以置信。爸爸又拿出各色各样的南极石标本。这些标本是由地质专家伯伯为我们特意挑选的。有黑色的好像嵌着一朵朵小红花的“石榴石”,有如同白玉一样的白石头,还有银光闪闪的含十几种矿物质的矿石。看着爸爸就要送给学校的南极礼物,我想了很多很多……

我现在还小,不能报效祖国,但是我要出色地完成学习任务,锻炼好身体,等我长大了,像爸爸一样,甚至超过爸爸,为开发南极,为人类做出自己的贡献。

学习爸爸,做一个有用的人

赏析/于青陌

看完这篇日记,我感到一股暖流流遍全身,多么幸福的父子团聚啊!

在感动的同时,我不禁对作者感到羡慕,羡慕他有一个这样出色的爸爸。我们每个人都有爸爸,虽然不是每一个爸爸都能去南极探险,但每一个爸爸都是那么出色的,他们都有一个共同点,他们对自己的工作都是那么地热爱。我们的爸爸做过各种各样的工作,他们在自己的岗位上都勤劳工作,负责到底。

这种负责勤劳的精神值得我们每一个人学习,让我们学习爸爸,做一个对社会有用的人吧!

也许，会有很多人嘲笑做了妈妈那份活的爸爸非常没有男子汉气概，说这样的爸爸是“气管炎”(妻管严)。

患“气管炎”的爸爸

◆文/徐 昕

4月13日 星期三 阴转多云

提起我爸爸，有的人便会说他患了严重的“气管炎”(妻管严)。这是怎么回事呢?

我的妈妈是县纺织公司的经理，工作繁忙，总是早出晚归，有时连星期日都不能休息。为了支持妈妈的工作，爸爸主动揽起了家务活，买菜做饭，洗衣服，照顾我的生活和作息，他样样都干，既是爸爸，又像妈妈。因此，人家送了他一个绰号为“气管炎”(妻管严)。再加上我妈妈是一米七六的高个儿，爸爸个子中等。有的人就添油加醋地说，爸爸见到妈妈，就像老鼠见了猫，会吓得瑟瑟发抖。这简直是对我爸爸的侮辱。我这里用得上一句老话:铁铸的事实最终将战胜编造的谎言。

上小学一年级时，因为妈妈没空，常常是爸爸帮我梳小辫儿。爸爸的动作轻巧，梳得我舒适惬意。爸爸扎的小辫儿美观大方，一些同学的妈妈的手艺还比不上他呢!每当有人见我的小辫扎得好，问我是谁扎的时，我总是自豪地说:“爸爸。”

爸爸做饭烧菜的手艺儿也挺高。他烧的菜色、香、味俱佳，我最爱吃他烧的菜了。什么糖醋排骨、麻辣豆腐、清汤鳊鱼等，那香喷喷的味，那好看的菜，不要说吃了，就连闻闻，看看，也是一种美的享受。

爸爸也干起了针线活。有一次，我的一颗纽扣掉了，妈妈刚好不在家，爸爸便找来针线，拿起纽扣缝了起来。忽然，爸爸的手被针扎了一下,鲜红的血渗了出来。我心疼地说:“爸爸,不要缝了,等妈妈回来再缝吧。”爸爸摇摇头说:“孩子,不要紧,爸爸不疼。你妈妈忙,还是爸爸给你缝。”说着,又慢慢地给我缝了起来。这一针一线,都凝聚着爸爸对我真挚的爱。

家里的一切都是爸爸操持,妈妈常常觉得过意不去,总是千方百计地挤出时间来帮爸爸,可爸爸对妈妈说:“早点休息吧,明天你还有许多事呢!”妈妈服从地点了点头,但眼眶里已是泪水盈盈了。

妈妈时常对我说:“小昕啊,妈妈对你关心不够,是爸爸把你拉扯大的,你可要好好记住爸爸,长大了,对爸爸要格外尊敬。”“嗯!”我使劲地点了点头。

我的爸爸患“气管炎”,他是一位可敬可亲的好爸爸!

慈祥的爸爸

赏析/尤　爱

严父慈母。在我们中华民族的意识中,会有这样一个经典的情景:怒气冲冲的爸爸正拿着木棍大声呵斥儿子,而满脸心痛的妈妈则在一旁劝说着,并轻柔地搂着挨骂的儿子。在中国人心目中,做家务、买菜做饭、洗衣服这些活都是妈妈包揽的。而父亲的任务就是严厉要求子女上进,督促子女学习。其实这些都受到“严父慈母”的正统思想的影响。似乎慈祥是妈妈的专属,而严厉则是爸爸的招牌。

其实,慈祥的爸爸比严厉的爸爸更可亲可敬。

文中的爸爸就是一个这样可亲可敬的人。他会帮女儿梳辫子,会帮忙做饭烧菜,甚至干针线活,为女儿缝纽扣。这样的爸爸脱离了中国传统的严父的角色。然而,我们能说他不受人尊敬吗?我们能说他不可爱吗?

也许,会有很多人嘲笑做了妈妈那份活的爸爸非常没有男子气概,说这样的爸爸是“气管炎”(妻管严)。但在作者看来,患“气管炎”的爸爸更是一位可亲可敬的好爸爸!

"妈妈"作为一个人,她善良有礼,她勤奋好学,她富有责任心。她,平凡而伟大。

我的妈妈

◆文/任品一

11月8日　星期五　多云

我的妈妈是一名教师,今年三十五岁,长着一副非常好看的瓜子脸,一双水灵灵的大眼睛炯炯有神,弯卷的披肩长发又黑又亮。妈妈虽然个子不高,但很精神。

妈妈是一位慈祥的母亲。在生活上,妈妈无微不至地照顾我。为了让我长得强壮起来,她每天精心地调剂着给我做好吃的;天冷时,妈妈都给我穿得暖暖的怕我冻着;当我生病时,总是妈妈守护在我床边,给我喂药、喂饭,鼓励我坚强地与病魔做斗争。在学习上,妈妈严格地要求我。每天,妈妈总要认真检查我的作业,写得不好时,她都让我撕掉重写。晚上,不论她自己多么疲惫,多么难受,都要陪我一起读书、学习,我学习上有困难时,妈妈总要和我一起讨论,帮我解决那些难题。我从妈妈那里获得了许多知识,是妈妈使我变得坚强和自信。

妈妈也是一个善良的人。每次坐车时,只要她看见老弱病残都要把自己的座位让给他们;在路上,看见沿街乞讨的失学儿童,都会慷慨地掏出钱来帮助他们;当左邻右舍有困难时,她也会毫不犹豫地伸出援助之手。是妈妈教会了我要善良地对待他人。

妈妈又是一个勤奋好学的人。都已步入中年,还在孜孜不倦地求学,利用业余时间,自学电脑知识,并参加北师大研究生班的进修学习。是妈妈用行动告诉了我学无止境的道理。

妈妈更是一个特别有责任心的人。记得那是一个下雨天，下班时间一到，妈妈的同事都走了，我和妈妈也离开了学校。正当我们快要到家时，妈妈突然想起学校办公室的灯可能没关，要回去看看。我说："别回去了，没关就没关呗！亮一宿怕啥？"可妈妈说："那可不行，一是怕电击失火，二来也浪费电呀！"说完，硬拉着我返回去了。

回到学校一看，果然亮着几盏灯。我们一一开门把灯关掉，这时雨下得更大了。在返回的路上，我们都快淋成落汤鸡了，可妈妈却说："今晚上我可能睡得着了。""淋一场雨值吗？"我嘟囔着，妈妈却笑着对我讲："孩子，做人要有责任心才行！"妈妈用言行再次告诉我做人的道理。

这就是我的妈妈——一个平凡而伟大的妈妈。我为有这样的妈妈感到无比的骄傲和自豪！

平凡而伟大的妈妈

赏析／黄锦玲

世界上，有个词语，有着动听的发音——妈妈。

文章中，"我"有一位好妈妈。

"妈妈"作为一个母亲，在生活上，她对"我"呵护有加；在学习上，她对"我"更是严格要求，她决不许"我"含糊对待所遇到的学习中的难题。

"妈妈"作为一个人，她善良有礼，她勤奋好学，她富有责任心，她平凡而伟大。

"妈妈"给予"我"的，不仅是生命，还有做人应具备的品质。她用寻常生活中一个微小的细节，为"我"展现出广阔的人性的舞台，教育"我"做人的道理。

通读文章，可看出文章中还略透稚气，但"我"对母亲的赞许却又句句出自肺腑，发自内心，不需要再作额外雕琢，因为真挚之情已经一路无阻地直达读者心头。

她用发自内心深处的善良与无私，化作一股春风，融化了孩子心中的那层坚冰。

我喜欢“新妈”

◆文/李嘉维

8月7日　星期日　晴转多云

今天的日记，老师让写妈妈，我想写的是我的新妈妈，这里面有一段不平凡的故事。

记得我四岁那年，妈妈爸爸离婚了。离婚理由很简单，是妈妈嫌爸爸赚不到钱，没有本事。从此，我成了有父无母的孩子。爸爸本来就不爱说话，现在变得更沉默寡言了。有时会望着墙壁呆呆地出神半天。

我们父子俩的衣服，总是张家婶婶做一件，李家姨姨缝两针。转眼我上学了，最头痛的是做饭。放学后，家里总是冷锅冷灶。我只得啃着冷饭去上学。唉！我是多么羡慕有妈妈的孩子啊！

有一天晚上，爸爸突然摸着我的头微笑着对我说：“嘉维，爸爸给你找个新妈妈好不好？”我像被迎头泼了一瓢凉水似的打了一个冷战，急忙说："不，我不要，我不要新妈。"因为我不止一次地听村里的婶婶阿姨说："后娘的心，像黄连根。"还听说男人一找到老婆就和女人一条心，"药随引子转"，后娘的心比毒蛇还毒，那还会有我的好日子过吗？想到这里，我急得泪都流出来了。

但我担心的事情还是发生了。有一天，爸爸领回来一个女人，大约三十多岁，留着齐脖子的短发，白净的脸上，虽然有了几丝皱纹，但是那双眼睛依然有神。看样子，她就是爸爸所说的新妈妈。她一看见我，立刻笑着跑过来，从皮包里掏出两个苹果，向我手里塞。我的手向后甩，将苹果打落在地上了，父亲狠狠地瞪了我一眼。这女人一愣，但立刻又笑嘻嘻地说："孩子嘛，都怯人。"说着捡起苹果，用手帕擦净后硬塞进我的衣兜。我心想："哼！黄鼠狼给鸡拜年——能安好心吗？"

第二天，"新妈妈"便正式来到我家，和我们一起过日子了。她还带来了一个比我小两岁的男孩子，我想，这就更没有好日子过了！唉！可是不久，我发现事情并不像我想像的那样，新妈妈对人和气，待我和爸爸都不错，特别是对我，照顾得比她亲生儿子还周到。她过门的第二天，便去县城给我和爸爸各扯了一身新衣服，并给我买了一个挺洋气的小书包。

去年，爸爸买了六只奶山羊。加上原来一头牛，又要割草，又要放牛，还要顾责任田。爸爸和新妈妈忙不过来，爸爸几次要我停学放羊，都被妈妈阻止了。她总是早出晚归忙里忙外。深秋的一天，放学后，天下着大雨，使人感到发凉。新妈妈去放羊了，天快黑了还不见回来，我们都很焦急。忽然，羊儿闯开门回来了，新妈妈背着一篓草，浑身湿透了，腿上沾满了泥，雨水顺着她的头发、脸颊滚滚而下。我赶紧帮新妈放下草篓，又拿毛巾让她把雨水擦净。爸爸痛惜地说："这次非让嘉维停学不可，再不能让你受罪了。"新妈妈笑着说："看你说的，俗话说：'三年放羊倌，给个官都不干。'再说，就算是受罪，我情愿，嘉维的学不能停，再要提此事，就让猫娃停学吧。"听了这些，我又一次激动得哭了起来。

几年来，我的新妈对我和爸爸关怀备至，和村里的阿姨大婶和睦相处，我的家常常充满欢乐的笑声。今天我要说，我喜欢我的新妈妈，不，她就是我的亲妈妈。

比亲妈更亲的妈妈

赏析／梁　洁

也许在世间上能遇上一个视自己为亲儿的继母实在很不容易，但却被嘉维遇上了。

嘉维早早便经历了没有亲妈在身边照顾的坎坷日子，虽然渴望有个完整的家，但不愿意迎来继母，害怕继母不会善待自己，当继母来了，他却把自己那颗渴望亲情温暖的心给戴上“防护罩”——以防继母有不轨意图。继母的关怀与呵护与日俱增，而嘉维心中的那一层坚冰正在逐渐融化。继母甚至愿意牺牲自己亲儿子的学习机会，也要让嘉维继续上学。

嘉维是幸福的，一个与自己毫无血缘关系的女人，用自己的真诚与无私感动了身边每一个人，待自己如亲儿般关怀备至。她用自己广阔的胸襟与厚实的肩膀，撑起了一个久违了亲情温暖的家庭；她用发自内心深处的善良与无私，化作一股春风，融化了孩子心中的那层坚冰。相信嘉维会在将来的日子里感受到更多来自她的温馨与欢乐。

在土、傻、野下蕴含的是一颗幼小、天真、善良而美丽的心，让人有一种久违的感动。

弟 弟

◆文/周永红

9月5日 星期日 多云

今天，我家来了一位“小客人”。说是“客人”，其实就是从小在乡下跟姥姥长大的小弟弟——黑蛋儿。他，刚满六岁，留着嘎子头，黑红黑红的小脸，两只小黑眼珠滴溜溜地转个不停，好奇地打量着屋中的每件东西。他一身乡下孩子的打扮，再加上姥姥给他起了个土里土气的名字“黑蛋儿”，就真成了一个地地道道的“小土孩儿”了。他见到我们，甚至见到妈妈，也是傻乎乎地发愣，使劲地往里吸着流到嘴边的鼻涕。

“土”，这就是我见到弟弟，对他的第一个印象。

9月6日 星期一 晴

今天，妈妈似乎是为了补偿弟弟应有的母爱，几乎把“玩具店”搬到了家。有大皮球、小手枪、塑料熊猫……但我看得出，弟弟最喜欢的还是那架蓝色的飞机。他把小飞机拿在手里翻过来，倒过去，真是爱不释手。

一会儿，弟弟突然拉着妈妈的衣角，嘟囔着："这飞机小，我不要，我要大的！"妈妈惊奇地问："黑蛋儿，要大的干吗？看，这小的不是也能飞吗？不信，妈妈教你开。""不，我不要，我要坐大飞机去看姥姥！"噢，原来如此！可是要大飞机，这是多么天真的愿望啊！

"傻"，这就是我对弟弟的第二个印象。

9月10日　星期五　阴

今天傍晚，我从屋里出来，突然发现弟弟不见了。我急得大声喊起来："黑蛋儿——黑蛋儿——""哎！"一个尖细的童音，从那边梧桐树上碧绿的密叶中传了出来。我仔细一看，只见弟弟正双手抱着树干向着远处眺望。

那棵树真高，我从来没敢想去"征服"，可弟弟却不知怎么上到了树杈上。我真替他担心，万一……我不敢想下去，只是大声命令道："快下来，下来！"弟弟像是没听见，还是那么悠然自得，看都不看我一眼，说："不，我不下去，我要看，看看姥姥是不是还在那棵大柳树下望着我哩！""你，你真野！"我真不知哪来的一股怒气，"哼，乡下的野孩子！"只听"哧溜"一声，弟弟已站在我面前，用袖子不停地抹着鼻涕，还不时地提提裤子，小嘴向上撅得老高，低着头，向我翻着白眼，一声不吭。我开始为自己的急躁引起的冲动感到后悔。可是我从心里埋怨爸爸、妈妈，都怪他们把他放到乡下，使本来可以又聪明又文明的弟弟，变成了一个乡下"野"孩子。

"野"，这是我对弟弟的第三个印象。

9月12日　星期日　晴

这几天来，弟弟经常对着饭桌愣神。是饭菜不丰盛，还是味道不合口？说真的，鸡、鸭、鱼、肉、白馒头，桌上美味应有尽有。有些别说吃，就连听都没听说过，莫非弟弟还认生？可这几天他已对这个新家很熟悉了。真猜不透，他的小闷葫芦里到底装的是什么药？

今天弟弟两眼盯着雪白的馒头又发起愣来。妈妈疼爱地说："黑蛋儿，这饭不好吃，你要吃啥？妈去给你买。"弟弟忽闪了一下大眼睛，摇摇头说："不，妈，我想等姥姥来了再吃这馒头，姥姥在家尽拣窝窝头吃，给我留着馒头……"他说着说着，小嘴一撇，眼眶里盛满了泪水。他的嘴唇翕动着，抽泣着说："妈妈，我要姥姥来，我想姥姥，姥姥……"

妈妈一把搂住了弟弟，亲着他黑红的小脸，泪珠大颗大颗地滴落下来。

我鼻子一酸，泪水像一层薄雾蒙住了双眼，透过这层薄雾，我发现了一颗幼小、天真、善良而美丽的心。

单纯懂事的野弟弟

赏析／姜景耀

黑蛋儿一开始给作者的印象是土、傻、野，但与他相处的第五天，作者发现，在土、傻、野下蕴含的是一颗幼小、天真、善良而美丽的心，让人有一种久违的感动。

黑蛋儿希望坐飞机去看姥姥，希望爬上高树能眺望姥姥，希望把雪白的馒头送给姥姥，这一幕幕平淡却又震撼。黑蛋儿对姥姥的思念与关心，是一份真挚的爱，直接且单纯。

看完全文，不难发现，黑蛋儿的举动侧面地反映出姥姥对他的关怀是无微不至。这种无私的爱，如平静湖面上的一片落花，轻轻的但触动了人的心灵。

生活中总会有些感动，亲情是其中的一种。

无论是“爸爸”还是“妈妈”，他们的出发点都是好的，都反映了他们对子女的爱。

家庭大决战

◆文/姚　瑕

8月2日　星期五　晴

“好哇，秀，你背叛了我，看我不揍你！”“爸，快来呀！”我求救着，“你的战友受到了威胁，正处在危险中，赶快来救我！”

大家听了，是不是觉得非常纳闷儿？告诉你，这会儿我们一家人正展开一场激烈的家庭大决战，前面是哥的吼声，后面则是我在求救。

事情是这样的：

昨天晚上，哥哥放下作业本，便打开了电视机。真准啊！《天命神童》刚开始播放。正当哥哥看得津津有味的时候，爸爸回来了，“啪”地一声关掉了电视，“战争”也就挑起来了。哥哥看见爸爸把电视关了，心里很不服气，顶了爸爸一句：“看电视也不行？”爸爸严厉地说：“还看电视？一个考试不及格，一个作业老得‘差’，还能看电视！”“考试不及格，还能不吃饭么！”哥哥又顶了一句。爸爸发怒了：“你……你这个不学好的东西！”“他是鸭子死了——嘴巴硬！”在一旁叠被子的妈妈插上一句。哥不再说什么，低头不满地横了妈妈一眼。妈妈随手“啪”地一巴掌打在哥哥的头上。

我看形势不妙，就顺水推舟地说：“就是，考试不及格，作业老出错，就不能看电视！”哥哥一听，大吃一惊，阴着脸怒气冲冲地说：“好哇，秀，你背叛了我，看我不揍你！”我忙向爸爸求救。爸爸上前一步，瞪了一眼哥哥。哥哥这时脸有些红了，带着一肚子怨气走出房子。

这时，爸爸、妈妈和我都笑了，到底是“人多势众”啊！

充满欢笑的决战

赏析／陈　实

文章采用倒叙的方法，设置了悬念，引人入胜，文章以对话为主，行文流畅，将“家庭大决战”的前因后果交代清楚后，又将其高潮写得淋漓尽致。

读完这篇文章，觉得“哥哥”真的应该好好学习，以好的成绩来换取看电视的权力；同时可以看出作者明辨是非、坚持正义的优秀高贵的品质。

通观全文，虽然“爸爸”十分严厉，“妈妈”更甚至动手打了“哥哥”。但是到了最后，却是爸爸、妈妈和我都笑了，这一点可以充分反映出作者一家的融洽和谐的气氛。无论是“爸爸”还是“妈妈”，他们的出发点都是好的，都反映了他们对子女的爱。

作者非常善于捕捉和发现生活中的亮点，注重生活中的片断和细节，值得赞扬。

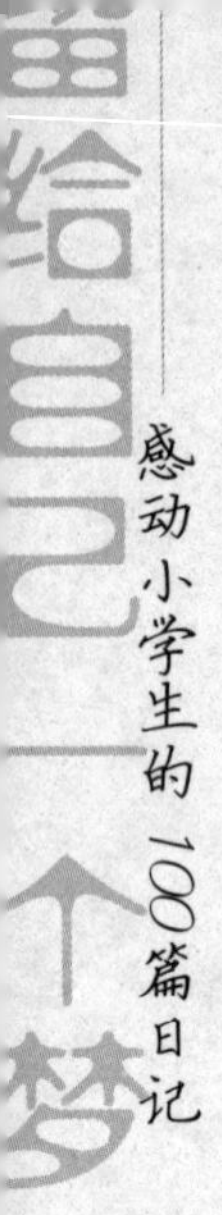

永远的母爱，博大的母爱，无私的母爱，世界上最伟大的母爱。

暖暖的唠叨

◆文/施文涵

5月19日　星期四　阴

我最烦别人唠叨了，今天的日记写什么呢？对了，就写写我那爱唠叨的妈妈。

每当我写作业时，妈妈脑子中的“唠叨生物钟”又提醒她该“开播”了。于是，我的耳边总会传来这样的声音：“挺胸，头抬高点儿！难道作业本那么香，犯得着你去闻？”每当我上学时，妈妈就会说：“走路小心点。钥匙可放好了？别丢了，热了就脱衣服，冷了记得穿，啊——”“知道啦！”我不耐烦地回答。唉，我都十几岁的人了，还像给三岁小孩上启蒙教育课一样，面面俱到。

妈妈的唠叨，还不光这些呢！每当我贪玩的时候，她就会说：“一天到晚，就晓得玩，你想你玩的时候阮雅烨在干什么？人家天天做数学，怪不得成绩好！”每当我写不出作文的时候，妈妈又说：“你瞧人家俞思嘉，《三国演义》、《水浒传》都看了几遍了！你呀，多看看这些名著，也准能写出好文章。”写不出作文，我本来就够烦的了，现在再让我跟班上那些优秀同学比，我可受不了。哎，真是郁闷！

嘻，听说妈妈最近要去广州，这着实让我高兴。嘿，还问为什么呀？这就意味着我可以少听几天妈妈的唠叨呀！

妈妈不在家的日子，我写作业，没人理我；我上学去，没人提醒我带钥匙；我玩疯了，没人提醒我做作业；我绞尽脑汁写不出作文，没人……

少了妈妈的唠叨，我的身边就像少了什么让我赖以生存的东西似的，浑身上下不自在。妈妈发来了短信，里面全是暖暖的唠叨，好舒服啊；这时候，我又非常非常想念妈妈的唠叨，那充满浓浓爱意的唠叨。为什么它在时，我讨厌；它不在时，我牵挂呢？

都说母爱像空气，看不见但又让我们赖以生存。妈妈的唠叨，不也像那无处不在的空气吗？虽然广州很远，但万水千山，又怎能挡住妈妈那暖暖的唠叨呢？

天底下最美好的两个字是“妈妈”

赏析／尤　爱

永远的母爱，博大的母爱，无私的母爱，世界上最伟大的母爱。

曾经，我都以为妈妈的唠叨是烦人的，奇怪她怎么可以把相同的事情一句话说上几百千次，而且每天的语气都不尽相同；奇怪她怎么可以把一点鸡毛蒜皮的事情说成大事。每天听着这些一样的唠叨，耳朵都起茧了。但当真的有那么一天，妈妈不在的时候，少了妈妈的唠叨，身边好像少了什么东西似的。这时候又会非常想念妈妈的唠叨了，那充满爱意的唠叨，让人烦恼，也让人暖心！特别是离家在外的游子们，妈妈的唠叨会让你时刻牵挂！

一首《烛光里的妈妈》曾感动多少人？有一种人，和你在一起的时候总是千万次嘱咐注意学习；有一种人，和你在一起的时候总是千万次嘱咐要多穿件衣服，要你注意自己的安全！这种人——叫做父母！

这样的爸爸和妈妈是聪明的，他们的孩子是幸福的，这样的家庭是令人羡慕的。

愉快的一天

◆文/危　庆

5月7日　星期二　多云

晚饭以后，是我家一天中最轻松愉快的时刻，总要来些“小节目”热闹一番——要么是我弹几首钢琴曲，要么是妈妈唱几支歌，要么是全家三口人一起拼动物拼板。

今天，吃完晚饭，收拾好碗筷，爸爸忽然想了个新花样，说：“我来变个魔术，好吗？”魔术？我们的胃口被吊起来，都说：“好！”于是，爸爸拿出一副扑克，从中抽出一叠，眨眨眼睛，做了一个神秘的表情，慢条斯理地卖起关子来：“在这叠扑克中，除了第一张牌，别的我全摸得出是什么。”说着，他用大拇指和其他四指各抵住扑克的一头，使它卷曲起来，然后伸出手，把牌面对着我们，利索地弹出最前面一张。接着，他迅速地将扑克放到背后，装模作样地摸了几下，又伸出手来，弹出最前面一张，说：“黑桃五！”咦！真准！没等我们眨眼，他又重复刚才的动作，说：“草花二！”就这样，他把所有的扑克都弹完了，而且每张牌都“摸”得完全正确！

我和妈妈惊讶极了，绞尽脑汁想呀想，怎么也想不出其中的奥妙。爸爸见我们一脸茫然，狡黠地笑了笑，问：“怎么样，愿意做我的徒儿么？”于是，我和妈妈只好左一声“师傅”右一声“老师”地乱拍了一通马屁。爸爸得意了，说：“关键是‘眼疾手快’，在你弹出前一张牌的时候，趁势往大拇指那儿一看，不就晓得第二张牌了吗？”

原来如此！一阵欢呼，一番操练，我和妈妈也成了“魔术师”。于是，一家三口又热烈地讨论起明天的“节目”来……

融洽快乐的一家

赏析／程　光

好幸福的一家子！孩子弹琴、妈妈唱歌、三人拼板游戏……整一个小型联欢会，一家三口各有所长，玩得其乐融融，这样的每一天都是愉快的。

这篇日记中对爸爸变魔术这个节目的描写，更是写出了一家三口的个性，展现了融洽的亲子关系。变魔术的爸爸机灵，富有表演天分和感染力，能够把一个简单的扑克牌魔术表演得精彩有趣。妈妈非常配合，和孩子一起当爸爸的最佳观众。孩子天真可爱，观察仔细，才把爸爸的魔术手法描写得如此细致。魔术结束后，一家人还相互开起了玩笑，玩起了拜师学艺的游戏，快乐的气氛更加浓烈了。

每天只要在饭后抽出一段时间玩亲子游戏，就能够让孩子感受到家庭的和谐、温暖，就能够让家人间的联系更加紧密，这样的爸爸和妈妈是聪明的，他们的孩子是幸福的，这样的家庭是令人羡慕的。

以语言描写为主，引出和叙述此件小事，告诉我们为人处世的道理。

剥毛豆和钉纽扣

◆文/朱微微

6月16日　星期四　多云

昨天，妈妈从街上买回来一网袋毛豆，妈妈对我说："微微，快剥毛豆，准备晚饭。"我说："不剥。""为什么不剥？""我不喜欢吃毛豆。"妈妈说："不喜欢吃也要剥，因为别人喜欢吃。"我说："谁喜欢吃谁就剥。"说完就到里屋去拿我最喜欢的那件粉红色衣服，准备到文化宫去。

我正要换衣服，发现衣服上少了一颗纽扣，便对妈妈说："妈妈，纽扣掉了，快帮我钉纽扣。"妈妈说："我不钉。"我问："为什么不钉？"妈妈说："我不喜欢穿粉红色的衣服。"我说："你不喜欢，可我喜欢。"妈妈虽说不钉，但晚上还是悄悄地帮我钉上了。

今天，妈妈又买了一网袋毛豆，还没等妈妈开口，我就开始剥了。妈妈问："微微，你今天爱吃毛豆了？"我说："我不爱吃，可是大家爱吃。"妈妈笑了。

不能只是想到自己

赏析 / 王蔷薇

剥毛豆是件小事,用不上多少工夫。但"我"却以"谁喜欢吃谁就剥"为理由,理直气壮地拒绝了妈妈。而当"我"要求妈妈帮"我"钉纽扣时,妈妈以同样的理由,拒绝"我"了。可妈妈终究还是帮"我"钉上了纽扣。妈妈没有意味深长地跟"我"说大道理,仅以实际行动告诉"我",以自我为中心,只为自己考虑,而不顾及他人的想法和做法是不可取的。于是,今天,"我"心甘情愿地剥毛豆了。这篇日记,以语言描写为主,引出和叙述此件小事,告诉我们为人处世的道理。

成长的路上，需要耐心、虚心、恒心，也需要支持，更重要的是，我们要始终保持一种愉快向上的心情。

我学会了锄地

◆文/查正球

5月13日　星期日　晴

今天是星期天，早晨，爸爸叫我跟他到棉田去学锄草。我心想：不就是锄草吗，这有什么好学的。

我跟爸爸来到地头，放眼一望，一片绿油油的棉苗棵棵舒展着三四片嫩叶，在阳光下闪闪发光。一阵微风吹过，棉苗摇晃着身子，好像在说："小主人，快来给我松松土挖挖草吧。"

爸爸在前边锄，我紧跟在后面。可是，小小的锄头就是不听我的使唤，东一下，西一下，累得我满头大汗，没把草锄下来，倒把棉苗挖下不少。我一气，扛起锄，撅着嘴对爸爸说："爸，我不干了，不锄啦。"爸爸扭回头瞅了瞅我，笑了说："大小伙子，还没学就怵阵啦？过来，我教教你。"我凑过去，爸爸一边锄，一边耐心地对我说："锄地要稳住架势，心不要慌，两手握紧锄柄，两腿叉开，身子微向前倾，两眼盯着棉苗，锄头落地要正、要准，深浅一致。先锄远处的草，再锄靠近苗的草……"爸爸说得可仔细啦。我瞪着眼瞧着，认真听着，然后，学着爸爸的动作，慢慢地试。说来还真灵，不一会儿，锄头在我手中就得心应手了，不过我比爸爸锄得慢多了。锄了一会儿，我把爸爸喊过来让他检查一下，只是爸爸不住地点着头，还自言自语地说："儿子能帮爸爸锄地啦。"爸爸满意地抬起头来冲着我说："儿子，就照这样锄。"

一天下来，我虽然锄得不多，可还是累得浑身酸疼，两只小手也磨了好几个泡。可是，从今天起，我学会了锄地，心里甭提多高兴啦！

虚心乐观地生活

赏析／夏　婧

锄地，又有什么难的呢？难的是学习锄地过程中所保持的耐心与虚心。而我从作者的身上，恰恰看到了这一点。刚开始锄地，觉得很难，掌握了之后便会觉得很容易，凡事都有一个过程，而小作者在这个过程中，有过退缩，但没有放弃，当然，也必须感谢那位用心的父亲对他的支持。日记中所记载的，是一件小事，但体味出的，却是人生的哲理，多么美好，多么充实。

然而，最让我感动的，是作者的最后一句话："可是，从今天起，我学会了锄地，心里甭提多高兴啦！"从今往后，作者的成长道路中，将要学会的事情还有很多很多，我希望，他每学会一样东西，都还会有锄地这一天这么高兴、充实的心情。

成长的路上，需要耐心、虚心、恒心，也需要支持，更重要的是，我们要始终保持一种愉快向上的心情。

曾经，我都以为妈妈的唠叨是烦人的，奇怪她怎么可以把相同的事情一句话说上几百千次。但当真的有那么一天，妈妈不在的时候，少了妈妈的唠叨，身边好像少了什么东西似的。

感动系列

七彩校园网

留给自己一个梦

校园里，鲜花人人夸
走廊里，作品满墙挂
教室里，新桌椅
坐着舒服又整齐
我们学校美如画
处处都有新面貌

思思那勤劳的样子，那股认真的劲儿，还有那被冻得通红的小手，一直在我脑海中挥之不去。

一个爱劳动的人

◆文/崔博琳

1月6日　星期二　晴

思思有圆圆的脸蛋，黑黑的皮肤，剪一头短发，给人的第一感觉是敦实淳朴。她是班里的“劳动模范”，这可是当之无愧的呀。她几年如一日，为班级、为学校无怨无悔地服务着。

今天，寒风凛冽，天鹅园池塘里的水都结成了冰。想到今天又是由我搞卫生，我的眉头不禁拧成了一个“川”字。我一只脚刚跨进教室，就听见一个熟悉的声音：“博琳，搞卫生。”我很不情愿地放下书包，把手缩进袖子里，用两个手指“钳”着抹布，慢吞吞地跟在思思后面。洗抹布？噢，那么冷的天还要洗抹布？我把手伸出袖子，把抹布稍微在水龙头下淋了一淋，手指马上感觉似乎快要结成冰了。我“洗”完后，捏起抹布就走。思思见了，二话没说，夺过抹布，走到水龙头前使劲儿地洗着，她的手被冻得通红。我想：难道她不冷吗？过了一会儿，她把洗得干干净净的抹布递给了我。

该擦桌子了，我还是把手缩进袖子里，捏着抹布轻轻擦着。抹布轻轻掠过桌面，连水痕也没有留下。思思呢？她把袖子卷得高高的，把抹布摊平在桌面上，双手放在抹布上，使劲前后推动着，我看到她的手更红了。

这时的我感到脸上火辣辣的，一直热到了脖子根，手不由得悄悄伸出袖子外……

卷起袖子，培养劳动的习惯

赏析／韩菲菲

读完这篇小日记，我的脸也不自主地火辣辣的，正如小作者一样。

思思那勤劳的样子，那股认真的劲儿，还有那被冻得通红的小手，一直在我脑海中挥之不去。是的，我真的缺少了一些东西，一直以来，我的衣食住行都由父母包办，家务活儿更无须我去“插手”，真可谓公主般的生活。此时此刻，我又想到了妈妈的手。几乎每年冬天，妈妈的手都会变得特别粗糙，有时候连血丝都暴露于指纹之间，但她一直默默地操劳着，为了这个家，为了我。而我除了每次看到让我心痛不已的情景后采取一些行动，转身，又恢复原状。惰性一直在腐蚀着我，恶性循环一次又一次地出现。

劳动的人是最光荣的，儿时的歌谣又唱起来了：“静静的叶儿，红红的花，小喜鹊唱三唱，不爱劳动不爱学习，我们大家不学她，要学蜜蜂采蜜糖，要学燕子造新房……”

"相声讲究说、学、逗、唱……"这句李金常说的台词，正是爱说相声的李金的最佳写照。

爱说相声的李金

◆文/钟　缙

12月28日　星期五　晴

"相声讲究说、学、逗、唱……"听着从录音机里传出来一阵阵熟悉的幽默话语，我的眼前又浮现出小伙伴李金那滑稽幽默的形象。李金中等身材，圆圆的脸上两颗黑宝石似的眼睛，滴溜溜在转，高颧骨扁鼻梁，一说话就耸鼻，四方大口里龇出一对大虎牙，说起话来口若悬河，滔滔不绝。虽然相貌不很出众，但他那种对工作认真负责的劲儿和办起事来幽默机智的样子，使人一见就能留下深刻的印象。

李金和我不仅是学习、生活上的伙伴，还是一对文艺舞台上的好搭档呢！

又要开元旦联欢会了，我和李金表演相声《异想天开》。他对这个相声还不大熟悉，我便把磁带借给他听。他一段一段、一句一句、一字一字认认真真地听，听了一遍没记住，再听第二遍，边听边记、边听边背，直到背得滚瓜烂熟为止。在排练动作时，每一个动作，他都按老师的指导，学得很像。在排练完休息的时候，他嘴里还是反复念叨着台词，指手画脚地练习动作，简直着迷了。

中午，我到他家去排练，休息时我问他："你对这次能否评上十佳节目有信心吗？"可他却说："相声讲究说、学、逗、唱……"啊？那时真闹得我丈二金刚，摸不着头脑。我推推他说："哎！哎！谁跟你对相声了？我是问你有信心吗？"他这才如梦初醒地说："什么？啊？你说什么？”我只得又说了一遍，他才说：“有！我信心十足，相声讲究说、学、逗、唱……”唉！他又开始背台词了。

下午，联欢会召开了。我们的节目受到了热烈欢迎。正当到了高潮时，突然我把一句台词忘了，心中一慌，脑子里一片空白，左想想不起来，右想也想不起来，望着台下黑压压的观众，急得我直跺脚。这时，李金不慌不忙地推了我一下，问：“你皱着眉头直跺脚是干什么呢？”我便顺水推舟地说：“发功呢！”“嗐！我以为你半身不遂了呢！”李金鼻子一耸，大虎牙一龇，面向观众把手一摊。“你才半身不遂呢！”我推了他一下。“哈哈……”观众们又一次被我们逗笑了。我紧张的情绪也立刻松弛下来，台词也想起来了。你说，我能不感谢李金吗？

会说、能学、特逗的相声能手

赏析／程　光

“我”把李金写得生动传神，“中等身材，圆圆的脸上两颗黑宝石似的眼睛，滴溜溜在转，高颧骨扁鼻梁，一说话就耸鼻，四方大口里龇出一对大虎牙，说起话来口若悬河，滔滔不绝”，于是李金滑稽幽默的形象跃然于纸上。

除了样子，李金爱说相声还体现在舞台下的认真劲儿上。他临危不乱，巧妙地以相声的形式把搭档从困境中带出来，动作、表情毫无破绽，真是个说相声的好手！

说，李金能说会道，说起来口若悬河、滔滔不绝；学，排练相声的时候，李金每一个动作都学得认真，学得像；逗，“我”忘词的时候，李金不慌不忙地一推，一句“半身不遂”，不但化解了危机，还把观众逗笑了……

“相声讲究说、学、逗、唱……”这句李金常说的台词，正是爱说相声的李金的最佳写照。

细腻而又不经意的描述，就像在读者心上轻轻地搔痒，让人禁不住笑出来，愉快而且轻松。

班上的活宝

◆文/(台湾)王冠力

10月13日 星期四 晴

哇！说起我们班上的宝贝蛋可真多，真有趣，他们的模样常常惹得全班哈哈大笑。你想知道本班的宝贝蛋是谁吗？你想不想知道呢？让我来给大家介绍吧！

“呼！呼！啊！啊！”哎哟！本班的风云人物又出现了，那就是陈昭荣。每次老师在台上讲课时，他就在台下说话，玩玩具。老师只好停一下，走过去教他专心听讲。可是老师刚走一步，他又讲话了，所以老师真拿他没办法。还有一次，我们在唱歌时，有的人却哈哈大笑，原来是陈昭荣在头上绑了一根小辫子呢！害得我连歌都唱不出来。“小霸王"就是本班替陈昭荣取的,因为没谁敢惹他。

我们班的"胖猪"就是曹财瑜,他的力气真大,真像一辆坦克车,谁敢跟他挑战,准被打得死去活来、四脚朝天。曹财瑜上体育课是最好玩的,每次到公园赛跑,他总是落在最后面,而且,有些运动太难了,因为他很胖,所以他不能玩。可是,打球却是他最拿手的,只要他轻轻一丢,就能丢很远,有时候他用力过猛,裤子裂开,只好抓紧裤子,不敢乱动。

我们班上的"哭宝"就是张姿婷,有些男生喜欢欺负胆小的女生,只要一碰到她,她的眼泪就像没关好的水龙头,流个不停。

现在你该知道本班的活宝是谁了吧!你想不想看看他们的庐山真面目?想的话,就到本班来吧!

绰号里的友情

赏析/王　婵

生动活泼,幽默风趣——是我读完这篇日记的感觉。

小作者以介绍的方式,举例述说了他们班上的活宝,过程中突出了人物的语言、动作、习惯等特点,让人一目了然,对活宝产生了极大兴趣。

"小霸王"、"胖猪"、"哭宝"——这些可爱的绰号,洋溢着学生之间零距离的友爱,也丰富了学生时代的亲切生活,让人不禁回忆起小时候同学间互取绰号的趣事。

善于表达的小作者,细腻而又不经意的描述,就像在读者心上轻轻地搔痒,让人禁不住笑出来,愉快而且轻松。

这么可爱的班级,这么有趣的活宝,还真让人羡慕呢。

生命中，总有那么一些人值得我们用一辈子去怀念，去珍藏。

想念你——刘嘉

◆文/孙晓华

3月11日　星期四　阴

班上的一个座位已经空下来了，许多快乐和欢笑都随着他的离去而消失。听说，他得的病很重很重，很难医治。他给我们留下的只是无限的回忆……

他叫刘嘉，是我们班里的机灵鬼，幽默而诙谐，什么话从他嘴里说出来，都特别有趣。一次，黎海燕说她爸爸对她讲过去他们下放农村怎样吃苦的事，大家正听得入神，谁知刘嘉冷不丁说道："谁叫他们那时候生下来，运气不好嘛！"逗得大家都笑了。还有一次，我们去海边捉螃蟹做标本，解颖同学一只也没抓到。刘嘉看她沮丧的样子，就把两只螃蟹给了她，自己只留下一只小的。解颖不好意思地接过螃蟹，十分感激地问他是怎样抓的，他装出一本正经的样子说："螃蟹是横着走路的，所以抓螃蟹要横着跑步去抓。"一边说，一边做出横着跑步的样子，把大伙儿笑得眼泪都流了下来。我们说他胡说八道，可解颖却信以为真。

这学期，足球比赛又开始了，大家多么盼望刘嘉能来啊！上一次我们与一班的那场球赛踢得真够精彩的……

已经是下半场了，我们的"招儿"都使尽了，仍输了一分，眼看这场球算输定了。我们当拉拉队的同学难过得把头都低了下去。

"快看哪！"这时不知谁喊了一声。我们抬头望去，只见一个穿红运动衫的同学，带球直冲对方的防线。他过了一个人，又过了一个人，棒极了。

"哎，那不是刘嘉吗?！妈呀，有希望了！"解颖激动得叫起来。

"怎么会是他呢？"我说，"他上午去参加电脑比赛，在区里呢！"

"那是谁？"

"反正是人多眼杂，看不清楚，等一下就知道了。"

这时穿红运动衫的同学闯入对方禁区，眼看要打门了。突然，对方的两个后卫同时上来堵截。"啊！"我们不约而同地叫了一声，心提到嗓子眼儿。只见那位同学，虚晃一个转身回旋的动作，骗得对方两个后卫撞成一堆。刹那间他一脚劲射，球进了！对方的守门员连一点儿反应都没有。一切都像闪电般的，太快了。我们雀跃欢呼着，每个人脸上立刻有了笑容。

球赛继续进行。不一会儿，穿红运动衫的那个同学又攻进一个球，最后我们以二比一的优势，赢得了校冠军。大家涌上了球场，围住进球的"勇士"。啊，原来真是刘嘉！

"你是怎么来的？"我问。

他做了个怪相说："溜来的。我第一个交了卷子就跑出来了，你们千万别让老师知道了。"

我们把他抬起来，高高地抛向空中……

这一次刘嘉不在,我们怎能敌得过对手呢?

寒假,是我们和他相处的最后一段时间,他去上海参加电脑比赛得了第三;在深圳比赛得了第二名,为学校、市里争了光,得了好多奖状。他给我们讲上海的见闻,太有意思了。他还说今年夏天组织我们去上海搞夏令营,只要他出主意,老师肯定会同意的。

然而,现在一切都不可能了,他得的是白血病。我们怎么也不能相信,他那么壮的身体会得这种病!听说他现在在广州化疗,每天呕吐,卧床不起。大家都为他难过、担忧。不知多少次我们商量要为他做些什么,只要能换回他的健康,我们每个人都愿意献出自己的最宝贵的东西。但,这一切都是枉然,我们只能在心里默默地为他的健康祈祷。我们巴不得,巴不得早些放假,去广州看他,拥抱他,我们天天这样盼望着。

怀念与珍惜

赏析/龙琨丽　陈伍莹

生命中,总有那么一些人值得我们用一辈子去怀念,去珍藏。然而,人生就像一架远航的飞机,因为中途不能转站,所以那些美好的人美好的事只能放在回忆中,然后留下最衷心的祝福。而那些注定要离开的人,怎么抓也抓不住,所以得勇敢地向他们告别。

想起一句感伤的话“有些人总在我们念念不忘中被我们遗忘了”。当日子变成旧照片,乃至回忆,都挽不回已过去的时光,当我们老了,多少往事多少人会定格在脑海里,这是只有时间能解答的问题,因此重要的不是有多少回忆,而是有没有尽力去珍惜现在。珍惜现在的人,现在的事,现在的情。或许就是作者那一句“只要能换回他的健康,我们每个人都愿意献出自己的最宝贵的东西”吧!

姜华是女同学的守护星，是调皮鬼的克星，想欺负女生的男同学可得当心，别被年轻的“生姜”辣到了。

我的同桌姜华

◆文/刘　丽

5月16日　星期三　晴

今天的日记我想写我的同桌姜华。

生姜的姜，中华的华，这就是组成我同桌姓名的两个字，再加上她那优美动听的乳名“燕子”，你一听就会觉得她是一个胆大泼辣而又敏捷灵活的女孩。

一次上语文课，老师在黑板上写字的时候，误把“慌张”的“慌”字右边的草字头漏掉了，姜华毫不犹豫地举起了手，用她那特有的铜铃般的女高音指出了老师的笔误；顿时，全班同学都把不同的目光投向了她，有敬佩的、有惊讶的、有疑虑的……数学课上，她总爱提出和老师不同的解题方法。当她说错了的时候，“爱出风头”、“好逞强”的难听话，就会飞进姜华的耳朵里。不过我们的老师可不这样看，他说生姜的辣味挺讨人喜欢的。

是啊，这生姜也真有点辣味！

一次上体育课，老师让我们练习爬竿，这可难住了我们女同学。男同学知道了我们的弱点，便耀武扬威地提出要和我们比赛，看着他们那得意的样子，我们又气又急，又无可奈何。“女同学都是属猪的，没有一个能爬到竿顶。”我们班的“调皮鬼”杨晓波正在竿顶上取笑我们。“谁说女同学是属猪的？下来，今天我就和你较量一下。”又是姜华，大家都愣住了，她行吗？杨晓波见是姜华，愣了一下，随即又嬉皮笑脸地说："'燕子'，你飞上来呀，飞上来呀！"姜华一点都不示弱，说："你下来，我跟你比。""调皮鬼"滑了下来。姜华走上前去一本正经地说："来，今天属猪的就和你这属猴的比个高低！"在同学们"预备——起"的口令中，姜华和"调皮鬼"各自跃上竿子。说时迟，那时快，"燕子"真好像飞起来了。结果，"猪"确实比"猴"技高一筹，抢先到了竿顶。在一片欢笑声中，"调皮鬼"耷拉着脑袋，不敢吭声了。

怎么样，这生姜够辣吧？

生姜不只是老的辣

赏析／许妍敏

"生姜"，文章开头的第一个词，完美地概括了女孩姜华的泼辣大胆的个性。

敢于指出老师的错误，提出和老师不同的解题方法，毫不犹豫地去做在别人看来是"爱出风头"、"好逞强"的事，这就是姜华的率性作风，生姜可不是老的才辣。

面对"调皮鬼"的挑衅，"生姜"更要发挥它的辣味了。在女同学都无可奈何的时候，姜华挺身而出，毫不示弱地提出了要与杨晓波一比高下的要求，并且在众人的关注下，以实际行动证明了"猪"确实比"猴"技高一筹。这段爬竿比赛的描写实在太精彩了，从"调皮鬼"气焰嚣张的出言不逊，到"最后耷拉着脑袋"，与姜华的言行形成对比，展现了"生姜"泼辣大胆的作风，让我们看到了反应敏捷、机灵的"燕子"。

姜华是女同学的守护星，是调皮鬼的克星，想欺负女生的男同学可得当心，别被年轻的"生姜"辣到了。

为了看到学生灿烂的笑脸，老师们辛勤地耕耘在校园这块芳土上，天天播种纯洁的信念。

一次难忘的中队会

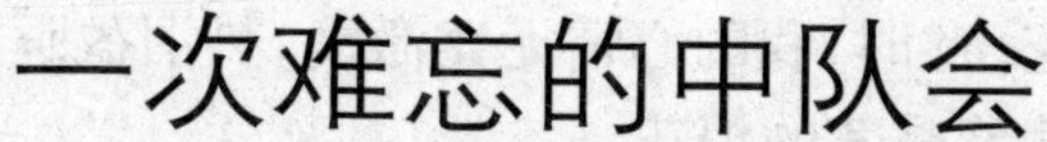

◆文/成　成

10月1日　星期五　晴

"我们是共产主义接班人……"雄壮的队歌在教室里回响，这是我们班在召开"母校永远在我心中"主题中队会。

唱完队歌，中队长刘燕同学走上讲台，深情地说："同学们，我们在人生的旅途上已过了十三年，在这十三年中，我们在母校度过了最愉快、最美好的时光……"她那充满激情的话语，表达了我们全体同学的心声，倾诉了我们对母校的一片真情。

接着，唐志横等九名同学上台作画，只见他们把准备好的画纸铺放在讲台上，然后，熟练地挥笔作画。这时，录音机里响起美妙的音乐，柳红同学来到台前，向在场的校领导和老师献上一首诗——《献给母校的歌》。

当配乐诗朗诵刚刚结束，小画家们集体创作的《飞向未来》诞生了。唐志横指着画面上的图案介绍着："母校是这可爱的地球，中学是那火红的太阳，我们是小树、是小鸟、是鲜花，我们正飞向太阳，但永远不离开地球。请允许我们代表全体同学把这幅画献给母校……"他的话还没说完，教室里便响起雷鸣般的掌声。

王主任郑重地收下了我们的礼物，并祝愿我们：努力学习，奋发向上。

"下面请几位同学汇报自己的成长过程……" 中队长的话音刚

落，齐瑾同学快步走上讲台，激动地说："我的成长离不开母校，我的成长离不开老师……当我作文获奖时，当我收到大红证书时，我哭了……这荣誉、这成绩应属于母校，属于敬爱的老师……为了表达我的感激之情，我们唱一支《在老师身边》的歌！"在她的指挥下，我们齐声高唱，这时李霞等几名同学代表我们来到老师身旁，恭恭敬敬向老师献上一束束鲜花。此时，我的心情无比激动，热泪盈眶，我看到老师们的面颊上也滚动着晶莹的泪花。

"同学们，让我们再唱一遍最喜欢的歌——《校歌》。"中队会在嘹亮的校歌声中结束了，但那令人难忘的时刻却永远留在我的记忆中。

师恩难忘

赏析／林俊全

"育苗有志闲逸少，润物无声辛劳多"，为了看到学生灿烂的笑脸，老师们辛勤地耕耘在校园这块芳土上，天天播种纯洁的信念。这篇文章中，小作者描述的一次中队会，确实让人感动，汇报成长历程时，小同学们激动的话语"我的成长离不开母校，我的成长离不开老师"一次次在我耳边回响，和老师们的面颊上滚动着晶莹的泪花常常出现在我眼前。

是的，老师是伟大的，也是崇高的，有首歌这样唱道：长大后我就成了你，才知道那支粉笔，画出的是彩虹落下的是泪滴；长大后我就成了你，才知道那个讲台举起的是别人，奉献的是自己！此刻我无言，只能用一首小诗表达我的感情：

我忽然感到自己是一棵树／是一棵枝叶扶疏的大树／我受大地和太阳的哺育／我在风里雨里锻炼自己的身体／当树叶尽脱时／我感受到舒畅而坚实／当新绿初生时／我整个生命都为希望所袭击。

哦，我终于明白了，老师是我最尊敬的人。

生活和学习都不可能是一帆风顺的，甚至更多的时候，我们因为我们的不成熟往往都是一个输家。

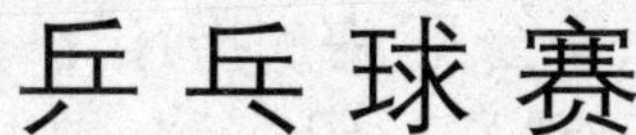

乒乓球赛

◆文/周紫悦

10月13日　星期天　晴

今天是一个风和日丽的星期天，我校乒乓球队的队员在老师的带领下来到体育馆参加“县小学生乒乓球选拔赛”。这次比赛采用淘汰赛，我和刘雯是我校的代表，被分在两组。

首先由刘雯出场，她的对手实力非常强，虽然经过了奋力的拼搏，但还是输了。不一会儿，轮到我比赛了，心里不免有些紧张，我心想：我们学校已经有一个队员被淘汰了，现在只剩下我一个人，如果我也赢不了……不行，我一定要赢。我壮了壮胆子，挺起胸膛走进赛场。也许是我运气好，抽签抽到的对手实力都不太强。所以，我按照平时的打法，很容易地就进了前四名。

但是，想取得好成绩并不是那么容易的，在争夺决赛权时，我碰到了真正的对手，她的名字叫马静。在比赛前，我想：要想得第一，怎么可能一帆风顺呢？必须经过自己的努力。想着想着，裁判就宣布比赛开始了。

对手的实力非常强，一上场，就给我来了个“下马威”——发旋球，我没心理准备，所以没接住，被她先夺一分。我也不甘示弱，回敬了一个“直线冲击”，没想到对方早料到我用这一招，顺手一推，球又飞速冲向我这一边，我当即又来一个“划破长空”，结果对方没接住，我扳回了一分，一比一平。也许是对方不熟悉我的作战方案，所以以两分之差输了第一局。第二局，她改变了作战方案，改发左旋球。由于前面失分太多，第二局我方“惨败”。第三局是关键一局，双方拉拉队好像在比谁的嗓子响，各方的指导老师也在旁不停地指导，比分交替上升……二十比二十，在场的人不禁发出一阵惊叹声，我和对手也已气喘吁吁，只想一分定输赢，可乒乓球比赛的规则偏偏是要多赢两分。我和马静各使绝招，一会儿“海底捞月”，一会儿“飞越时空”，一会儿又“网上攻击”，比分升到了三十比三十，在场的人更是迫不及待想知道结果。只怪我没有把握好机会，最后还是马静获胜了。我想：这也许是技术问题，也许是心理过于紧张……真是非常遗憾。

我下决心，一定要好好练球，争取下一次能创造辉煌。

赢家与输家

赏析／卢圣华

相信更多的人都是愿意做比赛的赢家而不是输家，所以我们在比赛中总是尽自己的努力拼搏去争取胜利。因为没有能成为赢家，所以文章的作者才会在比赛之后感到遗憾。不过可贵的是他并没有因此灰心丧气，反而认识到自己的技术上以及心理上的不足，而且决定以后好好练球争取下一次能够创造辉煌。虽然最后成了一个输家，但我认为她输是输得有价值的。

生活和学习都不可能是一帆风顺的，甚至更多的时候，我们因为我们的不成熟往往都是一个输家，球赛的失利，成绩的落后，朋友的离去……怎么正确地看待输赢，这尤为重要，你是赢家，不要骄傲，因为你永远不知道什么时候会被人超越；你是输家，更别气馁，因为不善于在失败之后总结自己的人将永远成不了赢家。

既然注定比赛要有输赢，那就让我们去在意我们在比赛中拼搏的过程而不是结果，那么在比赛之后我们不只是会说我输了，而是领悟到我为什么输了！

其实世上是没有什么难事的，只要我们脚踏实地认真地抓住每一个细节，按部就班地去做，成功自然就会向我们招手。

做沙包

◆文/谢　静

11月8日　星期四　阴

冬天来了，同学们玩着丢沙包、跳绳、踢毽子的游戏，门口小摊上的生意一下子红火起来，沙包一元钱一个，一会儿就都卖完了。

今天的劳动课上，老师让我们自己动手做沙包，这对于我们这些平时“饭来张口，衣来伸手”的孩子来说，这真是一个难于登天的事啊！

一上课，老师先把做沙包的方法简单地讲了一遍，接着就让我们自己动手做。只见农村来的智霞和吕春香同学非常能干，一手拿着布，一手拿着针，上下灵活地穿来穿去，片刻，她俩就做好了。她俩做的沙包针脚又匀又细，形状四四方方，她们这么能干！平时肯定帮爸爸妈妈做了很多家务活。

我也学着她们的样，捏起针，没想到刚缝了一针，线就从布缝里溜了出来。咦？怎么回事呢？我转过身去看了一下后面的同学。哦，原来我忘了打结了。打好了结，我继续缝了起来，为了节省时间，我把针脚缝得宽宽的，三五下就缝好了。我得意地举起自己的沙包，向同学们炫耀：“我做好啦！我做好啦！”不知是谁说了一声：“你的沙放了吗？”唉呀，我的天啊！我竟忘了放沙，做了一只空袋子。我只好乖乖地拆开一条边，把沙装了进去，然后再把那拆开的一条边粗粗缝上。这一下是真的做好了，拿起来一扔，沙一下子从针脚缝里撒了出来。

啊!原来是刚才我太偷懒了,把针脚缝大了。我只好拿起针线返工。这一次我一点儿也不敢马虎,哪儿漏,就补哪儿。一次次地试,一次次地补,看着同学们都做好了,我不由得手脚忙乱起来,只觉得手心里湿湿的。

过了一会儿,我终于把沙包做好了。可是上面的针脚歪歪斜斜,沙包的四条边有三条边毛毛草草、凹凸不平,唯一光滑的边,就是那条不用缝的边。虽然沙包做得不好,但是我心里暗暗高兴,以后,我会做得更好一些,再也不用花钱去买了。

关注细节

赏析／卢圣华

这个自己动手做沙包的故事让我想到关于细节问题。每件事都有它的细节,我们考试如果忽略了小数点往往会与满分无缘,建筑师忽略细节那么房屋的倒塌就不可避免。作者通过自己做沙包的经历告诫我们不要因为马虎而忽略了细节。试想如果她一开始就认认真真地做,那就不会浪费那么多的时间在缝补上面了。

刚开始时作者之所以会说做一个沙包对于我们这些平时“饭来张口,衣来伸手”的孩子来说是一个难于登天的事啊,是因为她还没有尝试过认真地去做。其实世上是没有什么难事的,只要我们脚踏实地认真地抓住每一个细节,按部就班地去做,成功自然就会向我们招手。因为无论多难的事情它都是由一个个细节构成的。

作者因为自己会做沙包不用花钱去买而感到高兴,其实这并不重要,重要的是在做沙包的过程中她得到了马虎不注重细节的教训,我相信她以后定能做得更好。

在我们的人生道路上，他们是第二个扶着我们由蹒跚学步，走向独立的最亲密的长辈，他们的默默付出造就了拥有完美的人格的我们。

老师教我学做人

◆文/林大蓼

9月10日　星期五　阴

今天教师节，我手捧着一束五颜六色的鲜花和一张制作精美的尊师卡来到学校，把它送给我的启蒙老师——敬爱的范老师，祝贺范老师节日愉快。

范老师微笑着拉着我的手，问长问短。她虽然五十多岁了，眼睛仍然那么炯炯有神，精神还是那么饱满，望着她慈祥的面容，我不禁想起五年前的事：

那时，我刚上一年级。

有一天，我在放学的路上捡到了五角钱，高高兴兴地拿着钱到路边的小店里买冷饮，正巧被送队的范老师看见了，她连忙走过来，问道："林大蓼，这钱是你捡的吧？怎么，自己买东西吃？"我脑子里顿时产生了一个大问号，就说："捡到的钱为什么不能自己用？"范老师听了，没有生气，笑了笑，耐心地对我说："林大蓼，捡到别人的东西，要主动还给失主，要是找不到失主，就交给警察叔叔或者交给老师，让他们帮你找到失主。""那为什么不能自己用呢？"我天真地问道。范老师拍了拍我的头，声音中充满了慈爱："因为用捡到的钱买东西吃是一种不良的行为，你好好想想，如果你的钱丢了，别人捡到拿去用了，你会不会着急啊？"我听了这番话，明白了不是自己的东西，不能要，捡到东西要交公。于是，我把捡到的五角钱交给了范老师。范老师又说："这就对了，我们从小要做诚实的人，要拾金不昧。"我把范老师的话牢牢记在心上。

第二天早晨，我捧着一把过去捡到的小玩艺儿一起交给了范老师。范老师当场表扬了我，说我知错就改，有拾金不昧的好品质。这时，我心里比吃了蜜还甜。从此，我养成了拾金不昧的好习惯。

这件事虽然已经过去五年了，但老师当时的话语我依然记忆犹新。

老师，值得尊重的榜样

赏析／王春意

教师是人类灵魂的工程师。他们传予我们知识，教予我们人生道理。在我们的人生道路上，他们是第二个扶着我们由蹒跚学步，走向独立的最亲密的长辈，他们的默默付出造就了拥有完美的人格的我们。

在我们每个人所写的一篇篇文章中，总能找到一两篇关于教师的文章。在教师节的那一天，教师们的桌子上总是放满了学生们的一份份"心意"。教师对学生来说有着深远的影响力。

让我们向老师们表予我们最高的敬意。

小值日生的一举一动好像一盏光芒四射的灯，教会我们要认真、热情、富有责任心。

今天我值日

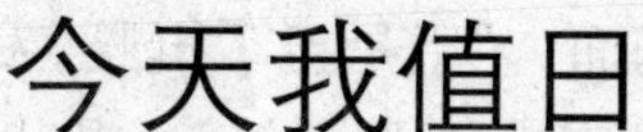

◆文/郑　重

5月18日　星期三　晴

“铃，铃铃……”预备铃响了，喧闹嘈杂的教室慢慢地安静下来，有些同学还在手忙脚乱地整理文具。今天该我值日，我站起身，“威严”地四下看了看，嗯，纪律不错，没有空位的。

离正式上课还有十分钟，我打算利用这点时间写篇表扬稿送“红领巾广播站”。

“报告！”我抬头一看，方浩站在门口。他斜背书包，由于书包带太长，他的书包耷拉在脚后跟上，还不住用手在脸上胡乱擦着。怎么搞的，瞧他那副熊样！方浩的左手上还拿着一个烧饼，似乎没有来得及咬出一个“月亮”。

我皱了皱眉，把方浩叫了出去，故作严厉地问：“为什么迟到？”“我妈妈病了！”方浩小声说。我的天啊！我差点叫起来，方浩的妈妈就是陈老师，这可怎么办？我追问："什么病？""高烧！"方浩又小声说。还好，不是大病，我吁了口气，让方浩进教室，并向同学们宣布了这一消息。安静的教室里马上"叽叽喳喳"地议论开了："陈老师病了，这节语文课怎么办？""不知陈老师病重不重？"

我再没有心思写广播稿。今天是我值日，我得做主："嗯！首先必须尽快结束乱嚷嚷的局面。"于是挺了挺腰，发出了第一个命令："同学们，安静下来！"大家立即停止了议论，几十双眼睛齐刷刷地望着我。这时，我的神经中枢高速运转着：写作文？读书？讲故事？去操场活动？不管怎样，今天全班都得听我的。我迅速做出选择："曹璞！领读！"我下达了第二个命令。"第几课？""第二十三课！"领读开始了。

"领读完了又怎么办呢？"我学着老师的样子，双手放在背后，眉头紧锁，踱到教室门口，"唉！第三个命令发什么呢？"

正在这时，教学楼的拐弯处出现了一个熟悉的身影，倚着墙壁，向我们教室慢慢移动。呀，是陈老师，我急忙揉了揉眼睛，不错，真是陈老师！我转过身对着教室里兴奋地大叫："陈老师来了！"教室里立即一片欢腾，不少同学在鼓掌，后来变成有节奏的喊声："陈老师，来了！陈老师，来了！"

我在座位上坐了下来，心想："陈老师发烧上课，能行吗？"我真替她担心，后来一想，我的第三个命令有内容了。我又站起身，向大家挥了挥手，清了清嗓子，高声地说："同学们，今天，陈老师带病给我们上课，我要求大家保持安静，读书、回答声要小一点。"然后又加了一句："做得到吗？""做——得——到——！"听了同学响亮的回答，我满意地坐了下来。

陈老师来到教室门口，手里端着一杯开水。四十多双眼睛一起投向老师，教室里静得出奇。我用"值日官"的眼睛四处一看——大家挺胸收腹，笔直端坐，姿势标准。我得意地看着老师，陈老师脸上露出微微笑容。

这节课上得非常好，连平时最爱动的易鸣也变规矩了。陈老师表扬了我们，说我们很懂事。我觉得她还特意看了我一眼，我心里又是一阵得意，但马上又镇静下来。哎，可别忘形，还得想第四个命令的内容。

负责的值日生

赏析／夏　婧

“今天我值日”，忍不住又读了一遍这句话。值日生，好像很久都没有感受过这个词所涵盖的责任了，既轻，又重。而日记中的这位“威严”的小值日生，让我记忆中模糊了的形象忽地清晰了起来，想起小学的时候我当值日班干的样子。

值日生要处理的事很多，做起事来可得一丝不苟。作者那天如一班之长般地起带头作用，处理起这件突发的事情，更显得心思周密、大胆稳重。我想，那是因为他非常重视老师、同学们所对他的信任和他所担负的这份责任吧。从这篇日记中，也感受到了这种紧张又自豪的心情。而最后，陈老师那嘉许的眼神一定是他一天里最甜蜜的收获。当然的，这位值日生的确应该给予表扬，至少，他在心里肯定了自己的责任。

小值日生的一举一动好像一盏光芒四射的灯，教会我们要认真、热情、富有责任心。

长大后我就成了你，才知道那支粉笔，画出的是彩虹洒下的是泪滴；长大后我就成了你，才知道那个讲台举起的是别人，奉献的是自己！

感动系列

忘不了的人和事

留给自己一个梦

春天阳光暖洋洋
朵朵鲜花阵阵香
夏天夜晚凉风吹
星星眨眼流萤飞
秋天到来菊花黄
稻香谷熟堆满场
幸福生活忘不了

乐于助人的人能带给别人快乐和温暖，你愿意做一个乐于助人的孩子吗？

叔叔，你在哪里

◆文/邵　露

4月8日　星期日　晴

每当我看见路上行驶的环卫车，就会不由自主地在心中呼喊："叔叔，你在哪里？"

事情是这样的：那天早晨，我爷爷的心脏病突然发作了，这可急坏了我们全家。爸爸说："快叫救护车。"可是，清晨六点钟，医院还没上班，哪儿有救护车呢？就在这时候，远处驶来了一辆环卫车。我急忙喊："停一停，停一停！"车子停下来了，司机叔叔问："什么事？"爸爸把事情简单地说了一遍，司机叔叔没等爸爸说完，就急切地说："快上车！"还和我们一起把爷爷抬进了环卫车。车一直开到医院门口才停下来，他小心地将爷爷扶下车，又帮助爸爸忙着为爷爷挂号、就诊、拿药、办理住院手续，等到把爷爷安排好了，我们全家才松了口气。再去找那位叔叔，他早已悄悄地离开了。唉！都怪我，没有记住叔叔的车号，也没有问一问叔叔的姓名。我们还没来得及说声“谢谢”，他就悄悄地离开了。

现在，我多么想再见见那位叔叔啊！可我只能在心里默默地喊一声：“叔叔，你在哪里？”

做一个乐于助人的人

赏析／洪苑淇

孩子的心是纯真的，有很多事情都会带给他们一定的影响，影响他们的成长，影响着他们对人对事的看法，那位开环卫车的叔叔的所为必定会教育了作者。现在很多人看重利益，干什么事就先想想对自己有没有好处，即使捞不着好处也要卖个人情，像文中的那位救人不留名的叔叔真是难得。他的职业也是令人尊敬的，环卫工人——“城市的美容师”。但试问现在又有多少人搁下面子去干这一行，所以我想这位叔叔的本性也是高尚的。虽然现在我们不知他在哪，但肯定的一点是，他一定会在某个时候某个地方帮助需要帮助的人们。

乐于助人的人能带给别人快乐和温暖，你愿意做一个乐于助人的孩子吗？

这样的老爷爷难道不是可爱的吗？你身边有这样的人吗？你会发现他们的可爱吗？

老顽童

◆文/董方蕊

7月3日　星期五　晴

他确实很老，一副单薄的身材，佝偻着腰，脸上的皱纹纵横交错，脑袋上只幸存的几缕发丝又白又长，但眉毛倒是又密又长，他自己得意地称它为“长寿眉”。他的眼睛很有神，足以使我们围着他屁股后面团团转。——哦，他就是我们这帮“小萝卜头”崇拜的“大帅”——方爷爷。

别看方爷爷已到了古稀之年，但他那股孩子气，绝不低于一个二年级小学生。要不，我们又怎和他谈得如此融洽，玩得如此有趣呢？

方爷爷可喜欢小孩子了，一有空就和小孩子“胡闹”。我们吹牛皮，他也跟着胡咧咧；我们讨论“重大问题”，他也“出谋划策”；就连我们演小话剧，他也要扮个“角色”！于是不到半年时间，他经过我们的“民主选举”，当上了至高无上的“统帅”！

方爷爷无愧于“大帅”，也是蛮讲信誉的。有一天，我和几个小伙伴在方爷爷身边玩，只见方爷爷低头正在锯一块木板，于是我们几个便“大胆”地去摸方爷爷的秃头，只觉得热乎乎、肉嘟嘟的好玩极了。只听“啪”的一声，不知谁把桌子上的螺丝钉盒推到了地上，钉子全都埋没在地上的刨花、锯末中。“嗯！”方爷爷皱起了“长寿眉”，瞪着“慧眼”，好吓人呀！我们正要仓皇逃跑，方爷爷这回却转怒为笑了：“喽啰们，给你家大王寻找回螺丝钉，事成之后，重赏一串冰糖葫芦！”冰糖葫芦，我们的眼睛瞪大了，全神贯注地找起来。“小将出马能耐大”，一会儿工夫，我就找到了。“方爷爷，给你。”“哎，不愧为方氏弟子。”方爷爷有意把“长寿眉”挑了一挑，煞有介事地夸了我几句。我听了美滋滋的。

连续几天没见到方爷爷，我们都想他，听说是病了，我们又不免为他着急。这天我们正玩着，只见方爷爷举着一串红得灼人的糖葫芦向我们走来。“方爷爷，你身体好了？”“好了。前日念你拾钉有功，赏给你一串糖葫芦，其他人耐心等待。”方爷爷神态很是郑重，把那串糖葫芦给了我。我甚为得意。“方爷爷……”伙伴们咽口水了。“呵，馋猫，在这儿呢！”方爷爷像变戏法似的举出四串糖葫芦，分给了伙伴们……

方爷爷多么慈祥，又多么可爱！他是那样喜爱孩子，真不愧为“老顽童”！

可爱的人

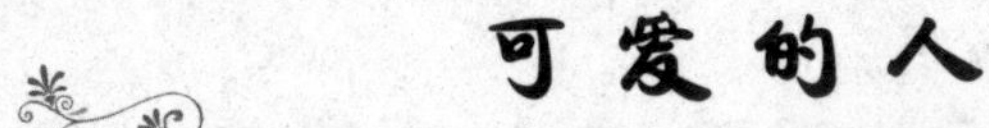

赏析／尤　爱

老人和小孩子一样都是那么可爱的。这位方爷爷身上有一种孩子气所以就吸引了那些小毛头，是因为大家都是“小孩子”了，因而玩得特别开心，特别融洽。文中那个爷爷是可爱的，经常和大家“胡闹”。小孩子吹牛皮，他也跟着胡咧咧；小孩子演小话剧，他也要扮演“角色”……什么都参与进去，真的像个大小孩了！而且他还做了小孩子们的“统帅”！最重要的是，老爷爷不仅可爱还很讲信誉，他叫孩子们帮忙干活，许诺会买冰糖葫芦给大家吃。但是干完活了，爷爷却病重了。但是病一好他又惦记着孩子们了，马上买了几串冰糖葫芦给大家吃。说老爷爷可爱，因为他是慈祥的，也是滑稽的。他对小孩子们好，不会说他们还小呢什么也不懂，也和他们一起玩耍，一起笑。这样的老爷爷难道不是可爱的吗？你身边有这样的人吗？你会发现他们的可爱吗？

她用她的行动创造了美好环境，她用她的品德创造了美好的心灵。

美就是这样创造的

◆文/丁　莹

4月7日　星期一　晴

清晨，一轮红日从地平线上升起，金灿灿的阳光穿过树叶的缝隙，星星点点地撒在林阴道上。路旁的花草还挂着一串串露珠，几只小鸟不停地在树上婉转歌唱。

“早晨多美呀！”我深深地吸了一口气，空气仿佛滤过了，散发着一股泥土的芳香。每天早晨我都要来到这小树林里跑步，今天自然也不例外。猛地，我的目光又落到那个身影上。她佝偻着腰，身上还是穿着那件灰色的过了时的旧上衣，瘦小的身子显得那样弱不禁风。她手握扫帚，扫一下退一步，那把快秃了的扫帚在她的手里运用自如，那些废纸烂树叶经过她的扫帚，再顽皮也会变得服服帖帖。忽然，她蹲了下来，扫帚放到了一边，身体紧靠一棵树，一只手伸进了树洞。只见她的胳膊在艰难地动着，额头的青筋露了出来，几颗豆大的汗珠顺着灰黄色的脸颊淌了下来。忽然，她笑了，脸上的皱纹一下子舒展开了。她慢慢地站了起来，一只手轻轻地捶了几下腰，又捡起扫帚在树洞里掏了起来，不一会儿，废纸烂果皮争先恐后地从树洞里“跑”了出来。她端着簸箕，把脏东西都收了起来，这时，她那苍白的脸才泛起了一丝红晕。

我一边跑着，思绪却被她带走了。啊，想起来了！就是她！无论严寒酷暑，无论刮风下雨，每天都给行人创造出一片美；就是她！用那高尚的心灵，美化了那个青年人的心。我不由得想起了半个月前的那天早晨。也是这样一个晴朗的天气，我又来到这里跑步，发现树林里多了一个读外语的年轻人。他高高的个子，白皙的皮肤，头发带卷的，着装是时髦的。嘿，真帅！有些像“小虎队”里的……忽然，我发现她也来了，挥着那破扫帚，认真地扫着。年轻人从她身边走过，眼睛里掠过一丝瞧不起的神色，鼻子里发出“哼”的一声。这时，大概由于她的扫帚扬得高了些，几颗土星星溅到了年轻人的腿上。“哎，对不起。我不小心……”“哼，臭扫地的，给我掸了。”年轻人蛮不讲理的态度，激怒了几个练拳的老人，正想去评理，却被她拦住了。她慢慢地蹲下身子，从口袋里掏出一块洁白的手帕，轻轻擦了起来。年轻人向上翻着的眼皮垂了下来，白皙的脸霎时变得通红，他不好意思地弯下腰，搀起了她，“大娘，刚才我错了。您骂我吧。”“孩子，我为什么要骂你。你能改正错误，这难道不是一件令人高兴的事吗？”周围的人群中，发出“啧啧”的赞叹声……

待我跑步归来，她已经离开了。我忽然发现此时的阳光更美了，此时的花草更嫩了，此时的鸟叫更动听了，此时的空气更清新了。我忽然又想起了罗丹的话：“我们周围处处有美，重要的是在于发现。”今天我不仅发现了美的存在，我还发现了创造美的人，她用她的行动创造了美好环境，她用她的品德创造了美好的心灵。

常被忽视的美丽

赏析/林锦瑜

清洁工人,本是一个最被人忽视,最被人看不起的角色。

她,用她敬业的精神,为我们创造了一个美好的环境,即便是顽皮地躲在树洞里的废纸烂果皮,依旧被她收拾得一尘不染。

她,用她优秀的品德,让我们感受到了一个美好的心灵,即便年轻人的轻视,不小心腿上溅到土星子便恶言相对,她依旧礼貌回应,细心地用洁白的手帕为年轻人清洁。年轻人后悔了,他后悔自己的低俗行为伤害了善良的她。

应该会生气吧?然而,宽容的她轻描淡写地带过了年轻人当初的无礼。

或许,身为清洁工人的她,没有干出一番所谓惊天动地的大事,可她用她的行为以及品质为我们展现了一道亮丽的风景。

我们需要敞开我们的心扉，需要一颗领悟生命的心去发现这个世界的闪光点，发现我们的带路人。

带　路　人

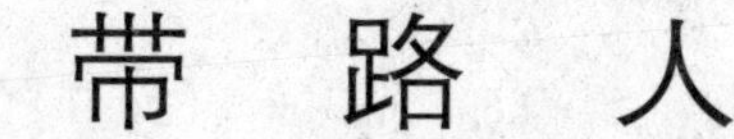

◆文/陈　灿

3月3日　星期二　雨

今天，春雨淅淅沥沥地下个不停，落在地上，屋上，溅起了朵朵雨花。在密密的雨帘中，街上的人渐渐少了。

我低头向前跑着，突然我把一个人撞了一下，我急忙抬起头来，只见他踉跄了一下，扶住了墙。“对不起，对不起！”我忙道歉。“噢，不要紧的。”

在朦胧的雨雾中，只见他中等个儿，瘦削的脸上一双木然的眼睛直直地盯着前方。他是个盲人，我心里很难受：“大伯，我扶您回去吧！”“谢谢你，小姑娘。”

我搀扶着他向前快步走着，我望着他那木然的眼睛，唉，真可怜！突然，我被绊了一下，差点儿摔倒。我低头一看，是一块下水道板，我便嚷了起来：“是谁把下水道板搬开了，也不放好。噢，大伯您走这边，小心绊倒。”他迈了一步，又停了下来，把手中的拐杖放在一边，蹲下去一边摸索，一边说：“说不定还会有人经过这儿，会绊倒的。”他终于摸到了那块下水道板，小心翼翼地把它盖好。然后，他站了起来，伸手到口袋里摸手绢。这时，我的眼睛湿润了，我赶紧拿出自己洁白的手绢，放在他手中。他说了些什么，我没听见。我只见他那沾满泥水的手在那块洁白的手绢上擦着，他湿润的眼睛似乎亮了。我从他心灵的窗口，看见了他那纯洁透亮的心，那是一颗时时想着他人的心。我感到，我浑身的血液都在沸腾。

雨仍然淅淅沥沥地下个不停。我搀扶着他继续向前走着，走着……

在通向回家的路上，是我给他带了路；而在生活的道路上，这位盲人伯伯，却是我的带路人。

一个指引我上路的盲人

赏析／蒙洁敏

“带路人”意味深长啊！是的，这位带路人给予作者的不仅仅是一次放好下水道盖子的行为，更是一种心灵的洗涤、永恒的教育。小作者愿意送盲人回家，足以证明小作者纯洁的心灵。而这位盲人的行为像金子般散发着光芒，感染了小作者，也让小作者明白了为人无私的伟大。小作者的思想得到了升华。

是的，在生命的道路中，也许有许许多多的带路人正引导着我们走向光明。小作者细腻的心发现了人性的闪光点，自己也得到了净化。同样，我们需要敞开我们的心扉，需要一颗领悟生命的心去发现这个世界的闪光点，发现我们的带路人。

生活环境不是我们可以改变的,但在贫穷中选择远大的志向却是我们可以改变的。

人穷志长

◆文/史　梦

7月5日　星期三　晴

今天,天气格外晴朗,我和妈妈在北京站的广场上等爸爸。我们全家要去青岛度假。

北京站的广场上人群熙熙攘攘,可就是不见爸爸的身影。忽然,我看见不远处一个十岁左右衣衫褴褛的小男孩满脸愁云，紧锁着双眉,小脸又黑又瘦。他双手紧紧地捂着肚子,身子直摇晃。我拽拽妈妈的衣角儿,用手一指。妈妈说:“不好。”我们向小男孩奔去。只一步之差,小男孩已经晕倒在地,妈妈搂着他,掐他的“人中”。不一会儿,他嘴里发出微弱的声音:“我渴,饿。”妈妈给他喂了点水和面包。他渐渐地好起来,说:“婶婶,您真是个大好人!”妈妈问:“你家里人呢?”他哭着说:“爸爸上山采药时,摔断了腿。妈妈在北京打工,我们正准备回去。可是,钱和火车票全被人偷了。”他止住哭声说:“我妈去借钱了,让我在这儿等她,好半天还没回来。”从他眼睛里流露出焦急的目光。妈妈从包里拿出二十元钱塞给他,说:“你先买点吃的,别走,在这儿等你妈妈。”

正说着爸爸来了,我们三人向站台走去。到了检票处,妈妈忽然发现钱包没了,那里面不但有车票证件,还有五百多元钱。我想这次旅游算吹了,妈妈急忙拉着我的手往回走。爸爸说:“不会是刚才……”话还没说完,只见小男孩迎面跑来,他满脸汗水,右手高举着妈妈的钱包,说:“婶婶您的钱包落在我这儿,可找到您了,给。”妈妈望着他诚实的眼睛接过钱包,亲切地说:“谢谢你,你真是个好孩子。”他用手擦去脸上的汗水,露出了笑容。

我坐在火车上,眼前又浮现出那个小男孩的身影。他很穷,可是他对意外得来的钱并不动心。我想这就是人们常说的人穷志不短吧!

面对贫穷,选择远大的志向

赏析/于青陌

穷不是一种罪过,不是父母亲的错,也不是孩子的错,贫穷只是上天给孩子的考验,如果我们只懂得埋怨,只懂得唉声叹气,只懂得在贫穷面前退缩,那么贫穷真的会成为我们一生的恶魔。面对贫穷,如果仍然能保持远大的志向,如果仍然能保持高尚的做人品格,贫穷只会变成你迈向优秀的垫脚石,就像文中的小男孩,虽然又黑又瘦,虽然他肚子很饿,但面对能改善自己生活的不义之财,他仍然没有动心,这种经历了贫穷磨炼的志向闪耀着夺目的人格光辉。

生活环境不是我们可以改变的,但在贫穷中选择远大的志向却是我们可以改变的。

上帝是公平的，在他关闭一扇门的同时，另一扇门也正为我们打开，我们应该勇敢接受挑战。

卖气球的男孩

◆文/高雷雷

1月22日　星期三　阴

今天是春节，街上热闹非凡，街道两边的小摊上摆满各式各样的玩具，五彩的气球在我们头顶上飘来飘去。我看中了一支别致的手枪，因此，从口袋里掏出一张拾元的人民币，递给卖枪的叔叔。我一松手，钱就飘飘悠悠地掉在了离我不远的阴井铁盖上，一辆摩托车飞驰而过，钱从盖孔中掉进阴井。

我透过盖孔，看着一米多深的干阴井底躺着的十元钱，急得像热锅上的蚂蚁。摊主和行人都过来帮忙，又都摇着头走开了。

这时，走来一位卖气球的男孩，十一二岁，脸黑黑的，退了色的衣裤显得一点也不合身。他蹲下身子，往阴井里看了看，又用系气球的竹竿伸进阴井试了试。我想，这穷孩子大概是想得到这拾元钱吧，我倒要看看他有什么妙法。

他站起身来，用浓重的外地口音对我说："把嘴里嚼的泡泡糖给我。"他要泡泡糖干什么？我倒要看看他的葫芦里卖的什么药。

我把嘴里的泡泡糖给了他。他在竹竿的顶端粘牢黏糊糊的泡泡糖伸进阴井。啊，我全明白了，心里不禁暗暗佩服这个孩子的聪明。可是这钱，他会不会还给我呢？只见他提起竹竿，那拾元钱果然粘在竹竿顶端。他小心地用食指和中指伸进盖孔，夹出了那张人民币。

他的举动吸引了周围的许多人，他们个个都啧啧称赞。男孩把钱递给我，还不住地微笑。这时，我才发现他黑黑的脸上嵌着一对明亮的大眼睛，带着酒窝的笑脸显得十分可爱。

望着这个卖气球的男孩，我想起了希望工程，想起了贫困山区的孩子们，也许他就是……我把这失而复得的拾元钱，全买了他的气球。美丽的气球在我的眼前飘呀，飘呀，飘呀……

自强与关爱

赏析／林俊全

看完这篇文章后，我不会忘记那个十一二岁、脸黑黑、穿着退了色衣裤的卖气球的小男孩。

小男孩不能让我忘记，从他的穿着中我们看到了贫困，从他的行动中，我们看到了小男孩的聪明可爱、热心助人，但从卖气球的男孩身上我们更主要的是体会到他那种自强、自立、自尊的精神。一个人贫困本身不是一种错，重要的是我们不能人穷志短，在面对困难的时候不能够埋怨天，因为上帝是公平的，在他关闭一扇门的同时，另一扇门也正为我们打开，我们应该勇敢接受挑战。

其实，在我们日常生活中，由于家乡贫瘠、家庭突遭变故、父母下岗，单亲家庭等等像卖气球的小男孩的人群太多了，他们家境贫寒，他们吃苦耐劳，他们比正常人成才更多一份磨难，他们更需要我们的关心与呵护，让我们把一束阳光带着一份关爱献给他们吧！

售票员阿姨的微笑令我佩服，在这个寒冷的冬季给我带来了不尽的温暖。

我敬佩的售票员

◆文/吴　薇

11月12日　星期日　阴

今天，我和妈妈跟往常一样从礼士路坐四路公共汽车回家。

今天的天格外地冷，风吹在脸上针扎一样疼，连鞋底都冻得硬邦邦的。我站在站台上向四周看了看，等车的人已经很多了，密密麻麻地站了一片。这时，来了一辆四路车，车上人多得没有站脚儿的地方，我和妈妈费了好大劲也没挤上去，车开走了。天渐渐黑下来，一阵阵刺骨的冷风直往我领里钻，我不由得缩起了脖子。好不容易又等来一辆车，可人还是那么多，正在我们无可奈何的时候，传来了一位售票员阿姨亲切的招呼声："小同学，快挤挤上来吧，天太冷！大家互相照顾一下。尽量多上来几位同志。"在售票员阿姨的疏导下我们从前门挤上了车。"下站工会大楼，下车的同志请做好准备。没票的同志请买票。"阿姨一边忙着卖票，一边不停地招呼乘客。她无意中见我背着书包向中间挤，忙热情地对我说："小同学，请把书包递给我！"这时，我才发现售票员前面扶手杆上挂了许多"S"形方便钩，钩上挂了大大小小的书包。我连忙双手举起包，踮起脚把书包递给售票员，肩上顿时觉得轻松了许多。工会大楼站到了，上来一位抱小孩的叔叔，叔叔顺手把自己的孩子放在售票台上。"您在哪下？我给你找个座位吧！"售票员阿姨问。"不用了，只坐两站。"我听到叔叔的答话，便左右张望起来，只见与售票台邻近的位子上坐着两位老奶奶。怎么办呢？我正在犯难,阿姨却扭身摘下自己椅子上的毛巾套,叠好,垫在了小孩的屁股下面,“小朋友就坐这儿吧,往里走也不方便。”抱小孩的叔叔感动得连声道谢。他身边的乘客和我一样向售票员投去赞许、敬佩的目光。军事博物馆要到了,我和妈妈使劲往外挤。我着急地大声喊:“阿姨我要下车,快给我书包!”售票员阿姨微笑着对我说:“小同学,别着急。你下了车我再递给你。”到站了,阿姨把书包从窗口递出来,妈妈接过书包,忙说:“谢谢! 谢谢! ”“不用谢,这是我们应该做的。”售票员阿姨边说边递给妈妈一张纸条:“这是我们的监督电话,希望您给我们提出宝贵意见。”

汽车又开动了。“下站公主坟,请下车的同志做好准备……”售票员阿姨那亲热的话语又从车厢中传出。

微笑着工作

赏析/彭细华

售票员只是一个再普通不过的职业了,但是使我对售票员阿姨佩服的,正是她在普通的岗位上仍做出了令人十分满意的服务态度。有不少人老是抱怨工作在普通的岗位上,以至于将不满的情绪不由自主地带到工作上来,无辜的大众就这样糊里糊涂地成了发泄对象。在受了气之后,有些大众又将自己的不满发泄到接触对象上……如此地反复,那该有多少人受到牵连?

就算是最普通的工作,但它仍是社会这个大机器的一个小小零件,社会的发展总离不开它。学习是我们的分内之事,为什么我们不好好地干呢?售票员阿姨的微笑令我佩服,在这个寒冷的冬季给我带来了不尽的温暖。

英雄不是大人的专利，英雄不一定有“绿草装、红帽徽、红领章”，英雄最基本、最重要的品质是他们心中是常常装着别人。

公共汽车出故障的时候

◆文/王勇锋

12月13日　星期三　阴

昨天晚上，我乘的公共汽车出了故障，停在铁道线上。

车厢里，人们七嘴八舌，说什么的都有。有人问：“怎么回事？”有人在喊：“开门开门！我要下车！”售票员不耐烦地说：“车坏了，门开不了啦。”这时，不知谁喊了一声：“火车来了！”车厢里立刻乱成一团，怨恨声、叫骂声、哭喊声、砸门声响成一片。有的年轻人从窗户向外钻。我的心慌极了，直想哭。一位解放军叔叔大声说：“大家不要慌，会有办法的。”他的话像给我吃了一颗定心丸。接着，他不知从哪里找来一根棍棒把门撬开了。人们蜂拥而出，我也下了车。

火车渐渐近了，可以看得见影子了。那位解放军叔叔又对大家说：“火车恐怕来不及停车，快！大家把汽车推出道口。”许多人像是战场上听到命令的战士，他们和解放军叔叔一起跑到车跟前，有的用胳膊顶着，有的用手推，有的用肩拱……“一、二、三——”解放军叔叔喊着。“一、二——”众多的声音低低地和着。这声音那么有力。猛然，一股激情从我的心中涌出，我飞跑过去用双手推着车……车启动了，慢慢地加快了。火车渐渐逼近，吼叫声震得我直发毛。快呀，快推！情急劲猛，汽车刚推出道口，火车就呼啸着慢慢地停在刚才汽车的道上，大家悬着的心放了下来。这时，我不由抬头望着那位叔叔，只见他正擦着汗呢！黑红的脸膛在绿草装、红帽徽、红领章的映衬下更加英武。

汽车经过抢修，故障排除了。人们个个满面笑容地上了汽车，我的心暖融融的。

英雄的出现

赏析／彭细华

在卡通片或电影里，我们常常会看到在紧急关头的时候，总会有英雄的出现。其实在现实生活中，在我们的身边，英雄也不缺。

公共汽车出了故障，停在铁道线上，火车也渐渐近了，在这千钧一发的时刻，在这有限的人力里，解放军叔叔成了大家的英雄。英雄的表现是什么？英雄就是在危难时仍临危不惧、镇定自若地想办法解决燃眉之急；组织协调大家齐心协力地解决问题；在自己脱离危险后仍惦记着别人的安危。

英雄不是大人的专利，英雄不一定有“绿草装、红帽徽、红领章”，英雄最基本、最重要的品质是他们心中是常常装着别人。

如果不想被人讨厌，我们要诚实做人，而且心要多为别人想想！

有个卖菜人

◆文/季思平

12月10日　星期二　晴

放学后，路过菜场，我看到一个卖菜人又在吵架。我对这个卖菜人很熟悉，不仅因为他的左额上有块红胎记。平时我上学或放学，经常看到买菜的人指责他缺秤，有时他嬉皮笑脸加一把菜给人家，有时就不认账，跟人家吵。有一次外婆买土豆，回来发现有几个是烂的，外婆很生气，我问："是不是额头上有红记的那个人？"外婆说："对，对，就是那个缺德鬼！"

今天，这个卖菜人把卖不掉的芹菜倒在地上，准备收摊，一位老太太过来拾了几把，谁知卖菜人竟从她手里抢过芹菜，扔在地上，用脚一个劲儿地踏，踏得稀巴烂。老太太气得说不出话来，旁边的人七嘴八舌说："你已经把菜倒掉了，老太太捡一点碍着你什么啦？"连一个卖鱼的人也说："她要捡，就让她捡嘛！"卖菜人眼睛一瞪，说："你大方，你为什么不倒掉鱼让人捡！我的菜就是卖不掉，也不让别人来占

便宜！”

这种没道德的人，今后谁还乐意来买他的菜？

心的相互作用

赏析／彭细华

当你跟人击掌拍好的时候，如果一不小心用力过度，手就会红痛，那是因为力是相互作用的。正如手拍桌子时，手对桌子施力，同时手也受到桌子的反作用力。而心也是相互作用的，当你用“坏心”去跟人家交流的话，你能要求人家用“好心”来回答你吗？当你缺斤短两，你还能祈求人家以后还能跟你做买卖吗？当你故意卖给人家烂菜，还能要求人家对你有良好口碑吗？当你把卖不掉的芹菜倒掉，踏得稀巴烂，目的就是不让别人占便宜，这样的人你会喜欢吗？

那个卖菜的人给了我提示，如果不想被人讨厌，我们要诚实做人，而且心要多为别人想想！

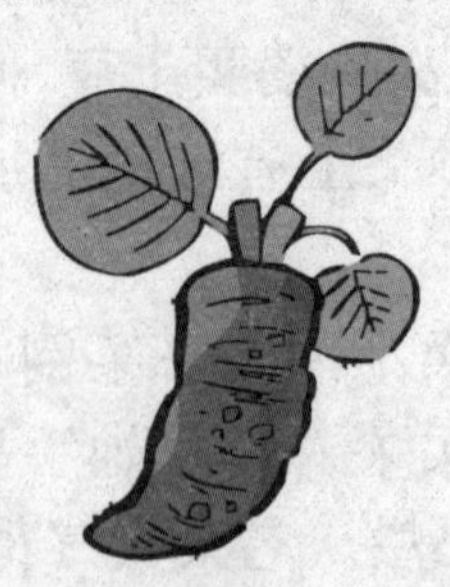

在孩子的眼睛里，我们看到了天鹅黯然的目光，卖天鹅的人贪婪的笑容，观看的人冷漠的表情。

天　鹅

◆文/何　静

2月28日　星期六　晴

像往日一样，妈妈拉着我的手，走进了熙熙攘攘的菜场。菜场里人声嘈杂，讨价声、吆喝声融成一片。

"妈妈，那里怎么有那么多人？"我一边指着一大群人，一边奇怪地问。没等妈妈回答，好奇心已经使我挣脱了妈妈的手挤进了拥挤的人群。

啊，天鹅，是有人在卖天鹅！望着眼前的情景，我一下子目瞪口呆。只见那只丰满的天鹅，红红的嘴、白白的翅膀都被狠心的卖天鹅的人用绳子给捆住了，失去了自由。那双美丽的眼睛透露出一种黯然的目光，它多么希望人们能手下留情，把它放回大自然的怀抱里啊！

那个卖天鹅的人得意地坐在一张凳子上，嘴角露出一丝贪婪的笑容，瞧他那副目中无人的样子，也许正在异想天开：这只天鹅可以帮我赚一笔钱，哈哈，这下可发财了。唉！真没想到，有的人竟会见钱眼开，知法犯法。

观看的人，虽然议论纷纷，却是袖手旁观，谁也不去说。这时，我心里在想：我一个小孩子上去劝说别卖天鹅，他会听吗？甭问，他一定会嘲笑我小孩子家多管闲事的。

思前想后，胆小如鼠的我最终还是畏缩了。但我真希望有个是非分明的人能上去，对那个卖天鹅的人说："天鹅是受保护的动物，不能卖呀！"

谁保护了天鹅

赏析／彭细华

在孩子的眼睛里，我们看到了天鹅黯然的目光，卖天鹅的人贪婪的笑容，观看的人冷漠的表情。

在我心中，天鹅是鸟类中最高雅的代表，天鹅是很有灵性的，它也会懂得人性。天鹅会知道被卖后的所有可能出现的结果，包括被宰。卖天鹅人得意扬扬，因为他骄傲自己有天鹅出售；卖天鹅的人也很满足，因为卖出了天鹅，他就会有一笔可观的收入；卖天鹅的人还很冷漠无情，尽管他也很清楚天鹅被卖后所有可能出现的结果，包括永远被困在笼子里。

孩子们，如果你看到了卖天鹅的这一幕，你会不会勇敢地站出来保护天鹅？或者只会像文中的孩子那样，心里着急，却不敢站出来？

日记仿佛有一种神奇的吸引力，让人不禁卸下心灵的重装，唤醒那久违的童真，紧随着小作者一同去欣赏这欢乐的十月节。

哈尼族欢乐的十月节

◆文/李艳梅

10月11日　星期日　晴

红河彝族、哈尼族自治州是一个令人神往的地方，它地处祖国西南边陲。那里甘蔗、菠萝满山坡，香蕉、荔枝树成林。前些天，爸爸带我回老家过哈尼族的十月节。我们乘车从城里出发，车子顺着弯曲的山路慢慢地行驶，翻过了深山峡谷，不知爬了多少座山，绕了多少道岭，才来到了哈尼山寨。这里的房子比较低矮，建在山包的斜坡上，参差错落，像波浪一样。山腰梯田层层，果林成片。

十月节是哈尼族秋收后欢庆丰收的盛大节日，人们在这期间举行斗牛、摔跤、对山歌等活动。最有趣的就要数“打石子”了。回到老家第二天，我就目睹了这动人心弦的场面。

一条山沟隔开两座青山，两边山坡上的村民，正在进行一场紧张而激烈的“战斗”。他们各以一片山坡为阵地，双方都用鸟蛋大小的石子做“弹药”，勇猛地“进攻”对方。小石子像雨点一样落在对方人们的身上、头上，有的人中“弹”了，惊叫着用双手抱着头，有的人转过来用背抵挡。健壮的小伙子们往往不甘示弱，冒着“弹雨”捡回地上的石子再砸回去。一边打，一边大声地呐喊，为自己壮胆助威。姑娘们则在后面为小伙子们准备“弹药”。我看得傻了眼，爸爸解释道：“这样的‘战斗’要一直从早上打到太阳落山，在天黑之前是没有一方撤出‘阵地’的。”爸爸接着又说：“你别以为这是两个寨子在打‘冤家’，不是的，这是我们哈尼族庆祝丰收的一种形式。那些小石子你抛过来，我抛过去，打在人头上、身上不会打伤人的。谁中的‘弹’多，明年就有好运临头，‘中弹’越多，象征明年丰收的果实越多。如果哪方中途逃走，那将意味着来年不吉利。因此‘战斗’越激烈，人们越高兴，就是有人不小心被石子打破了皮，流点血，也不愿退出‘战斗’，那样会遭人嘲笑的。天黑以后，还要留下一些人来准备第二天的‘弹药’。双方男女青年在‘战斗’中成了最亲热的朋友，‘战斗’一结束，双双对对地约到林子里去对山歌、跳舞，尽情地欢乐。”“真有意思！”听着爸爸的介绍，我情不自禁地喊出声来。

到老家的第三天，奶奶给我做了一顶哈尼人戴的“公鸡帽”，帽子前面突出一片“鸡冠”，真像一只准备格斗的公鸡。帽檐上镶着一块块亮晶晶的银片，戴在头上银光闪闪，我对着镜子照了照，可神气了，蹦着跟堂哥哥去参加庆丰收的“战斗”去了。

我和一群孩子向山坡跑去。我正想捡石子抛过去，突然一颗小石子打在我的脑门上，剧烈的疼痛赶走了我满心的欢喜，我捂着头，挂着泪珠回到爸爸身边，刚要诉苦，爸爸却笑吟吟地接住我的手说：“傻孩子，这是我们哈尼人民大喜的日子，哪个兴哭！”我抿着嘴笑了。爸爸又说：“你明年要交好运了。”

夜幕降临了，哈尼寨却歌声不断。

令人动心的少数民族风情

赏析／陈慧婷

通读全文,我深深地被这种独特的尼族风情所倾倒。这扣人心弦的激烈“战斗”是一场盛大的庆丰宴,在哈尼人民的热情中饱含着一种最纯粹的人情味,他们以一种热烈的方式表达着对他人的祝福,一切是那么的自然淳朴，让人即使置身于繁忙拥挤的城市中也能感受到一种舒心的惬意和对质朴的感动。

小作者以活泼幽默的笔调再现了这一激动人心的场景，展现出了人与自然、人与人之间和谐共处的美好景象,将人类内心深处最强烈真挚的情感表现得淋漓尽致。日记仿佛有一种神奇的吸引力,让人不禁卸下心灵的重装,唤醒那久违的童真,紧随着小作者一同去欣赏这欢乐的十月节。

广场上空每一个火热的分子在温暖着他们，更因为生活的阳光在照耀着他们，改革的春风在轻拂着他们。

广场见闻

◆文/黄　可

4月7日　星期五　晴

吃过晚饭，我去体育馆看晚场电影。已是四月，人们都换上了春装，可天气还有一些寒意，我不禁加快了脚步。

路过人民广场，耳朵里传来几句模模糊糊的戏文，还伴着高调门的唢呐声，循声望去不远处的“森林”里，围着里三层外三层的人，声音正是从那儿传来的，我好奇地向人群跑去。

挤进人群的缝隙，只见一个老爷爷和一个老奶奶正在唱着二人转《包公赔情》……

他们拉腔拉调的，好不快活。吹唢呐的是个五十多岁的人，手指熟练地按着唢呐指孔，两只眼睛里闪着满足的光彩，腮帮子鼓得老高，吹出的声音脆生生的。旁边拉二胡的，是位六十多岁的老人，跷着腿，晃着身子，悠然自得地拉着，真有点飘飘欲仙的味道。唢呐的调门变得热闹欢快起来，二胡声也越加兴高采烈，场中的老爷爷老奶奶，边唱边麻利地转起圈子扭了起来，快活得像两个孩子似的。

忽然，人群一阵骚动，场内进来一个人，我定睛一看，哎，这不是常去我们学校上法制课的大胡子警察李叔叔吗？他来干什么呢？李叔叔笑着向场内的人点了点头，摸着下巴在一旁细细地听了起来。听完了一段，他把大巴掌拍得山响。

“胡子，你来一段。”老“演员”冲李叔叔喊了一声。“不行不行，咱底气不足，唱得没板儿。”“有啥不行的，玩玩嘛！”李叔叔嘴上说不行，身子却蹭到了场子中心。他从口袋里掏出一副小快板，呱嗒了几下，唱了起来……

唱的也是《包公赔情》，有板有眼蛮有味儿的。

“观众席”上，几个须发皆白的老人，捋着胡须，眯合着眼睛，仔细地听着，时不时地叫上几声“好”。几对情侣，神采飞扬，探着头伸着脖，兴致十足。一位出差模样的南方人晃着手中的提包，小声地对旁边人说：“跟我们家乡的黄梅戏比，味儿也不差呢！”一位年轻的母亲，抱着小女孩要走，小女孩说什么也不干，嚷着：“我要听爷爷唱歌，我要听嘛！”

人群中，又挤进来几个老人，毫不客气地“登台”表演起来，场内的气氛达到了高潮。

我望着这火热的场面，心里想：他们为什么忘记了春寒，聚在这里唱戏和听戏？为什么这样兴致勃勃？是乐趣？是享受？噢，如今人们生活水平提高了，老人们晚来福，茶余饭后，凑到一起唱唱二人转，消遣消遣，乐呵乐呵，追求着精神上的享受。的确，只要你留心，生活中的每一个侧面、每一个细节，都能反映出百姓的生活蒸蒸日上。

我挤出人群，往体育馆跑去，边跑边想：“我回家后，要把这里的情况全告诉爷爷，让他也来人民广场开开眼界享享福。”

不要忘记幸福生活背后的支撑

赏析／林志健

读完这则日记，我的心不禁也被火热的场面感染了。拉着腔调的、吹着唢呐的、拉着二胡的、伸着脖子观看的，无不成为这火热场面上跳动着的活跃的音符；南方的、北方的、老的、少的、警察、百姓，共聚一堂，伴着那欢快的音乐、舞蹈，让人心中缓缓的腾起了一股热气。

天气是寒冷的，但人们的心却是暖和的，因为广场上空每一个火热的分子在温暖着他们，更因为生活的阳光在照耀着他们，改革的春风在轻拂着他们。

正如小作者所说的："生活中的每一个侧面，每一个细节，都能反映出百姓的生活蒸蒸日上。"

试问，没有富裕的生活做支撑，能有这动人一幕吗？

我们躲在水泥高楼里，习惯了汽车尾气的味道，却看不到大自然的呻吟。

愿广州有一片蓝天

◆文/温倩莹

7月28日 星期天 晴

星期天，我和爸爸妈妈到从化旅游。汽车开出市区，我从车窗望出去，看见了我们久违的蓝天、白云和碧水。我赶忙打开车窗，一阵清新的空气扑鼻而来。在阵阵的微风中，我想起了去年我们全家随旅行团到香港，尽管我一天游玩了不少地方，但白色的鞋子仍旧光洁白亮，可是在广州，不但“白鞋”变成“灰鞋”，连衣领、袖口也会有一层黑垢，这到底是为什么呢？

不难想像，这是空气受到污染导致的，而“元凶”之一则是机动车排放的尾气。据有关资料的数据显示，广州的污染程度居全球大城市的第六位。广州的天空不再是蓝色的，白云也不见了它的踪影，绿树更是蒙上了一层灰色。我们赖以生存的环境已被严重破坏。

汽车排出的尾气对人类健康造成了直接的危害。我经常听到当医生的父母说:“唉! 现在患呼吸道疾病的人越来越多了。”的确,肺癌已成为我国的第二号“杀手”。试想一下,我们天天吸进的都是含大量有害物质的污浊空气,我们的肺部将会变成什么样子呢? 又怎么会不得病呢? 鼻炎、支气管炎等疾病与大气受到污染是相关联的。

为了我们的健康,市政府已关注到汽车尾气的污染问题。我盼望着广州能再现碧蓝碧蓝的天。

蓝天需要我们一起维持

赏析/韩文亮

环境是我们赖以生存的外在条件,可是大人们只看到经济的发展,却忽略了污染对我们自身的健康的危害。我们躲在水泥高楼里,习惯了汽车尾气的味道,却看不到大自然的呻吟。难道我们以后,要在电视上才能看到蓝天白云,要在梦里才能呼吸清新的空气吗?

善于思考和观察生活的小作者,从弄脏的衣物上,发现了大城市严重的空气污染,小小年纪便已懂得关注大气污染,实在难能可贵。而美国是世界上主要大气污染源之一,但布什政府一直以“《京都议定书》会损害美国经济”为由,拒绝签署旨在减少全球温室气体排放的《京都议定书》,比起我们的小朋友,想必要惭愧一下反省一下了。要知道世界不是一个国家的,而是全人类的,地球只有一个,碧海蓝天需要我们共同努力维持。

书写这历史光辉一页的不仅仅是战绩，更是女足的感人至深的作风与精神。

中国女足大姐姐，好样的！

◆文/金　鑫

7月7日　星期三　晴

今天，我同全国亿万球迷一样，守着电视机，度过了一个难忘的不眠之夜。虽然，女足大姐姐在最后的点球大战中，以一球惜败，与世界冠军擦肩而过，但我还是要说："中国女足，好样的！你们是我们亿万球迷心目中的冠军！"

女足大姐姐无所畏惧，敢于啃硬骨头。面对夺冠大热门挪威队，你们不但敢赢她们，而且还以五比零的大比分狂胜对手。即使面对实力强大的美国队，姐姐们也是敢打敢拼，和她们硬拼了满满一百二十分钟。

女足大姐姐面对困难无所畏惧，她们常常是刚打完一场比赛，就登上飞机匆匆赶到另一个城市。刚下飞机，就立刻投入到紧张的训练之中。大姐姐们没有半句埋怨，只是尽心尽力地拼打着。

女足大姐姐们团结一致的精神令对方畏惧。赛场上，你们互相配合，相互帮助。守门员、后卫、前卫、前锋形成了一个有机的整体，面对对手的进攻，固若金汤；进攻对手，"弹"无虚发。这就是团结的力量。

愿大姐姐们在悉尼奥运会上，再创辉煌！

铿锵玫瑰，绿茵上的怒放

赏析／梁　超

读着小球迷情感浓聚的观球日记，我的思绪到了那段铿锵玫瑰在世界足坛上不断书写神话的令人激情澎湃的岁月：正如文中所写，虽然与冠军荣耀擦肩而过，但中国女足却以刻苦的训练，坚强与自信、敢打与敢拼和团结与合作完美地诠释了足球的真正的内涵，她们感动了多少对中国足球翘首期盼已久的球迷！

书写这历史光辉一页的不仅仅是战绩，更是女足的感人至深的作风与精神。冠军只有一个，但为之日夜拼搏的人何止成千上万。看了竞技体育这么多年，终究发现记忆中最美好的回忆除了美轮美奂的技巧，更多的是运动员崇高品质的蓦然一现，比如乔丹的顽强，比如女排的自信，比如齐达内的大气。而这一切，都在我们的铿锵玫瑰身上有着无比光辉的闪耀。这一份感动，被我们铭记，成为扬帆生活大海最宝贵的勇气！

绿的力量是伟大的，生命的力量是不可抵挡的。因为，绿是生命的颜色。

绿，生命的颜色

◆文/周　俊

5月8日　星期日　晴

在我们的这个世界里，绿，主宰着一切。

春天，万物复苏，最先向人们报告春天的，是那么一丁点儿的绿色，这使人们感觉到新的生命又开始了。绿色越来越多，春色越来越浓，整个世界充满了生命力，人们用“生机勃勃”来形容春天的一切。的确，在绿色装点下的春天确实充满了希望。

夏天，浓荫蔽日，为人们挡住骄阳的，是那么一大片浓浓的绿色。这绿色浓得可爱，使人们感觉到更强的生命力在发挥作用，人们用“热烈”、“旺盛”来形容夏天的一切。的确，在绿色支配下的夏天确实让人感到了一种强大的力量。

秋天，天高气爽，一切都已经成熟了。有人说秋天是金色的世界，但是又有谁会想到，金色是在经过绿色之后才显示出来的。没有绿色打下坚实的基础，怎会结出金色的生命之果？人们用“成熟”、“收获”来形容秋天。其实，金色的硕果是绿色生命的结晶。

冬天，大地沉睡，一切都那么安静。有人说冬天是银色的世界，但有谁又能够想到，在银色的覆盖下，绿色正在孕育着新的生命。即使在银色之上，也还是有一些绿色在点缀世界的，你看冬青是那么充满活力，为冬天添上一丝绿意。人们常用“恬静”、“沉睡”来形容冬天，其实，那是绿色的生命在积蓄更多更强的活力。

绿色，主宰着世界的一切，因为，绿是生命的颜色。

“绿衣使者”是人们对邮递员的尊称。人类在生存和发展中，常常需要互通信息。绿衣使者传递的虽然只是一封封普通的信件，但这是人类社会所不可缺少的。他们传递的其实是生命的信息，在他们身上绿和生命是一个完整的结合体。

绿色，和平的象征。“世界绿色和平组织”就是保护和平和生命的组织。和平意味着生命能够生存和延续，和平保障生命的安全，一切生命的发展都离不开和平的环境。为什么绿象征和平？大概绿是生命的颜色的缘故吧！

在硝烟弥漫的战场，也不乏绿色，那里有绿色的军队。威严的军装就是绿色的，战士们穿着军装，保卫国家，保卫人民生命安全。军装成了战士的象征，人民信赖的目标。这儿，绿色虽然和战争联在一起，但这保卫战正是为了挽救众多的生命而进行的。因此，绿色永远和生命休戚相关，绿色永驻，生命长存。

绿色，在我们这个世界到处可见，因为绿色是生命的颜色。

无论是春的希望、夏的力量、秋的收获、冬的孕育，还是生命和平，无一不是绿的创举、绿的功劳。绿的力量是伟大的，生命的力量是不可抵挡的。因为，绿是生命的颜色。

闪动的生命颜色

赏析／韩文亮

绿色，总是给人以希望，总是在一年四季的每个日子，在眼球触及的地方，在最醒目的位置灿烂地微笑。我很喜欢被阳光笼罩着的绿色，那样的鲜活耀眼，散发着阳光的温暖味道。

做作业累了的时候，总喜欢望望窗外的绿树，让疲惫的眼睛和大脑暂时休息一下。看着绿色的东西，心里仿佛得到一些安慰，不由自主地由内心发出快乐的笑。那时候就会想：感谢生命，活着真好。所以说绿色和生命是密不可分的，生活的底色就是绿色，我们再在绿色的画纸上调出缤纷的色彩，让生命鲜活快乐。

人们常常用绿色来代表和平、希望、宁静、生命、未来……小作者用整篇的排比段紧紧围绕绿色和生命的联系，融绿色于生活，讴歌了绿色，讴歌了生命。

我有一个梦想，梦想星期天没有老师的作业，这个梦想能不能实现呢？

老师，我想跟您说

◆文/白兰格

9月11日　星期日　晴

老师，我想跟您说句心里话。这句话我想了很久才要跟您说的，我以前总是不敢跟您说。

老师，星期天，您布置那么多作业。当您把一本本批改过的作业本发下来时，您听到同学们说的话了吗？“总是这么多作业！”“我看呀！就是三天也写不完。什么作文呀，日记呀，生字……”老师呀，老师！我多么希望再让您当一次学生，再让您这样的老师教您，让您知道没有星期天的滋味。老师，难道您就不理解我们的心吗？我们知道您是为我们好。可我想：“难道写很多的作业，就能学得好吗？还不如自己需要学什么就自学什么。”

这么多作业，还要一笔一画地写，如果写得乱，就要重写。每次别的小朋友来找我玩，我却一会儿也不能玩。铅笔机械地在纸上移动，眼皮都已打着瞌睡，写了一张又一张。写呀写呀，星期天就伴随着“刷刷”的写字声过去了。

我甩着发麻的手，看着《快乐的星期天》这个作文题目苦笑。真没尝过快乐的星期天是啥滋味。老师，我想问您一句：什么时候才能把我们的星期天还给我们？

我有一个梦想

赏析／李　智

读完白兰格小朋友的日记，我这个处在同样艰苦学习中的人深有同感。他有一个梦想，就是有一个快乐的星期天。我也有一个梦想，就是我们学生不用再为学业的重压所累。

数年前，国家提出的“减负”为千百万在学习压力下生活的孩子带来了希望。然而我们必须看到这样一个事实：孩子们的负担不减反增，小学生的星期天被作业和“兴趣”小组侵占，中学生还苦苦地和中高考和学科竞赛进行着不懈的斗争。

曾有教育家提出“一切为了孩子”，但大人们显然没有遵守诺言。他们认为把童年的快乐储蓄起来，将来便可连本带利地返还。但我们不相信未来的快乐贫瘠得要向现在预支。我希望大人们能兑现给我们幸福的诺言。

我有一个梦想，梦想星期天没有老师的作业，这个梦想能不能实现呢？

这颗蓝色的星球上，还有很多人需要我们的帮助，也让我们一同团结努力起来，让这个世界充满和平与美好。

我的愿望

◆文/［加拿大］米特克斯

7月16日　星期四　晴转多云

今天上午，老师让我们在日记中谈谈理想。是啊，小学即将毕业了，长大以后从事什么职业呢？人人都有自己的想法，我也有三个美好的愿望。

首先，我希望自己长大以后成为一位大律师。中学毕业后，我计划读两年专科学校，上三年大学，然后再到高等法律学校攻读几年专业。学好本领后，我就到社会上闯天下。我要申请营业执照，买一层公寓作为办公楼。万事俱备后，我就在电台、电视台，以及报纸、期刊上大做广告，招揽顾客。我要大力抨击黑暗、邪恶，伸张正义，主控犯罪分子，为含冤受屈的人们辩护！

其次，我希望我们州的卫生状况得到进一步改观。我建议在城市主要街道上增设二至三辆漂亮的垃圾车。这些车不分昼夜地在街上巡逻，一方面监督卫生情况，一方面也方便居民们随时倾倒垃圾。这样，我们州就可以成为一个文明卫生的省份。不但大家居住得舒适开心，也可以给到我们州旅游和出差的人，留下一个美好的印象。

最后，我希望我们国家永远不介入战争。我打算给一些军事大国的元首寄去措辞恳切的信件，要他们不要穷兵黩武，侵略别国；特别是不要发动核战争，确保世界和平和安宁。

这就是我的三个美好愿望。对成年人来说，也许十分幼稚可笑，但这确确实实是发自内心的美好愿望！

美丽的愿望

赏析／邹忠卫

文中的小作者是充满童真的孩子们的化身，他有着一双光洁雪亮的眼睛。能把周围的世界看得真真切切；他有着一颗汇集着爱与和平的心，能把周围的世界的黑暗与邪恶洞穿，也因此时时刻刻想着邻居街坊的生活。也正是有着这种美好与负责的天性，那三个愿望也就像那顽皮的云朵一样从小作者米特克斯的小脑袋中钻出。于是，小作者将那从内心中浮出的三个美好的愿望一一铺在纸面上，也是在告诉我们：我们这个世界还不够美好，还有黑暗与邪恶隐藏在这颗蓝色的星球上，还有很多人需要我们的帮助，也让我们一同团结努力起来，让这个世界充满和平与美好。对着充满真与爱的呼唤，朋友们，还犹豫什么呢？

真心希望每个家庭都能充满温馨，真心希望每个港湾都风平浪静，真心希望每个家庭都能成为我们健康成长的乐园。

可怜天下孩儿心

◆文/李　林

7月18日　雨

今天早晨，妈妈因为爸爸不顾家，早上起来就去找那几个“狐朋狗友”玩麻将，又提出了她可怕的要求——离婚！虽然对他们的吵架我早已习以为常，但“离婚”这个字眼对我来说却是一个晴天霹雳。

爸爸妈妈吵架、闹离婚已有几年的历史了。几年来，爸爸说为了我“不计较”妈妈；妈妈说为了我“将就”爸爸，不然她早死了。

这“为了我”、“不计较”、“将就”，弄得他们筋疲力尽，我这个尚不懂得什么是夫妻感情的人，也早就明白：他们之间的感情早已不存在了，存在的只有怨、恨、仇……

本来我幼小的心灵已经布满伤痕，怎能经得起这一次又一次的沉重打击！我不敢哭，怕他们伤心，只好在半夜里在被窝里哭。而且只要听到他们有一点儿声音就要忍住，装睡。

我想过死，我想用死来结束这痛苦的生活。但我若真的死了，他们又会怎样呢？这就是我痛苦地活到现在的原因。

人们都知道可怜天下父母心，这些比父母心更可怜的儿女心谁来可怜呢？

爸爸！妈妈！呼唤你们，给我一个和平、安定、幸福、温暖的家吧！

希望每一个家庭都充满温馨

赏析／刘英俊

家庭是孩子们温暖的港湾，当孩子遇到不开心的事情，当孩子遇到风雨，我们可以躲在这个港湾里。但现实生活中，很多的家庭，因为父母常常吵架，反而变成了孩子们内心最害怕的地方。我自己身边就有这样的例子，我的一个好朋友，父母常常闹意见，我整天看到他愁眉苦脸的样子。如果父母不能给我们快乐，也不要给我们伤害，好不好？

真心希望每个家庭都能充满温馨，真心希望每个港湾都风平浪静，真心希望每个家庭都能成为我们健康成长的乐园。

无论是春的希望、夏的力量、秋的收获、冬的孕育，还是生命和平，无一不是绿的创举、绿的功劳。绿的力量是伟大的，生命的力量是不可抵挡的。

感动系列

神奇的自然之旅

留给自己一个梦

我爱碧绿的颜色
榕树是碧绿的
柳树是碧绿的
我生活在美丽的大自然里
大自然的梦
我的心
也将是碧绿的

九寨沟，是一个不属于人间的地方。这里远离城市，却接近天堂。

游九寨沟

◆文/竺懋渝

7月28日 星期一 晴

位于四川省南平县境内的九寨沟，是一个中外驰名的自然风景区，也是珍贵动物大熊猫的栖息地之一。九寨沟秀峰挺立，山谷幽静，湖泊棋布，河道纵横，道道瀑布点缀其间，是个景物奇异、风光秀丽的佳境，有“人间仙境”、“九寨风光胜桂林”的美称。

今天，我终于在爸爸的带领下游览了这个“人间仙境”。

我们顺着林阴小道向上走去，不一会儿，便看到诺日朗瀑布，恰似银河奔泻，抛珠撒玉，声震幽谷，映出道道彩虹。那些数不清的小瀑布，水势平缓，汩汩有声。这里，四季景色各异，春天百花点缀水面，夏天浓荫遮盖水面，秋天枫叶野果为水添色，冬天玉树琼枝倒挂水边。

九寨沟的湖泊是美丽的。它像一面面镜子镶嵌在深山峡谷中，湖水清澈透明。放眼望去，水的颜色由浅处的天蓝色，变为较深处的墨绿色。蔚蓝色的天空、银白的雪山、翠绿的树木倒映在湖水中，美丽极了。水面上鸳鸯、野鸭和翠鸟成双结伴；水中，游鱼清晰可见，历历可数。湖水随风荡漾，远看就像水波仙子在翩翩起舞。

长海，是九寨沟中最大的一个湖泊。水天相接，浩渺无垠。我们乘船向上游而去，但见两岸峭壁千仞，大声一喊，山鸣谷应，余音袅袅。

最高兴的是，我见到了国家一级保护动物——金丝猴。金丝猴全身金黄色，背毛很长，宛如肩披一件金黄色的蓑衣，鼻子向前翘着。它的爪子很尖，有一条长长的尾巴。从远处看，像一个威武的卫士，在守护着九寨沟。

啊，九寨沟，你是镶嵌在祖国河山上的一颗明珠。

善于发现身边的风景

赏析／刘英俊

九寨沟，是一个不属于人间的地方。这里远离城市，却接近天堂，这里春天繁花似锦，夏天充满生机，秋天红叶烧天，冬天玉树银装，这里还有奇异的少数民族风情，每一个来到这里的人，没有一个不被它的美丽吸引的。

虽然我自己没有亲自到过九寨沟，但我对它充满了兴趣。其实不止九寨沟，还有泰山，还有黄山，还有新疆的奇异和西藏的神秘，在我们的国家，有很多很多吸引我们的风景，而在我们身边也有很多感动我们的风景。如果可以，我们要游遍我们的祖国，如果现在暂时没机会旅游，我们也要发现身边的美丽风景。

透过孩子的眼睛在桃花之源漫游，看到了一个亭台楼阁、青山绿水、花海竹林的斑斓的世界。

春游桃花源

◆文/胡　勇

3月5日　星期五　晴

今天上午，阳光灿烂，和风习习，学校组织我们五六年级同学游览了桃花源。

桃花源离我校十多公里，位于桃花源县的水溪镇附近，面临滔滔沅江，背倚巍巍青峰。桃花源因陶渊明的《桃花源记》而得名，以山清水秀、风景优美闻名于世，多少年来，不知有多少游客前来旅游观光。

上午11时许，我们到达了早就心驰神往的桃花源。首先映入眼帘的是一座高大耸立、造型别致的砖石牌坊。牌坊的横额上“桃花源”三个大字，古朴雄健，苍劲有力。两旁是一副“红树青山斜阳古道，桃花流水福地洞天”的对联，顿时给人一种玄妙神秘之感。

我们随着人流穿过牌坊，向前行，展现在眼前的是桃树的世界、桃花的海洋。只见千万棵树一棵紧挨着一棵，在和风的吹拂下，株株婆娑起舞，各具风姿，在不住地向人们招手、点头。桃花一朵紧贴着一朵，争妍斗奇，在向人们含笑问好。远远望去，一树树桃花有如红云翻滚，又如赤霞飞流。见到这美不胜收的奇景，我真正体会到了这里真不愧是桃花之源，“桃花源”这个名字的确美妙、贴切。

桃花源不仅是桃树的世界、桃花的海洋，也是竹的天地。我们一路漫步来到“花海”的彼岸，跨过“穷林桥”，穿过碑廊，到了“方竹亭”。那青翠欲滴的方竹，眼观是圆，手摸是方，有棱有边，如刀削成。正因为如此，那座方形的绿色琉璃瓦顶的三重飞檐的亭子，便被命名为“方竹亭”。

从方竹亭溯溪而上，只见一座造型优美、雕梁画栋的木制桥梁横跨在桃溪上，那就是“遇仙桥”。相传早年有一年轻女子在此溪边遇难，多亏一位神仙搭救。人们为了求得神灵相助，便修此桥，人们有难便常来此桥，指望能遇神仙相助。

由“遇仙桥”向左，沿一条石板路拾级而上，就是“桃花观”。“桃花观”雄踞于桃花山主峰的危峰之上。站在“桃花观”纵目眺望，只见四面青山座座，苍翠兀立，水溪镇的建筑物一览无余。

从“桃花观”出来，沿桃花山循坡而上，成片的苍翠松林覆盖着山顶，尤以一棵树粗数抱、直插云霄的大古松，引人注目。它在群树中高高挺立，有如巨伞高擎，又如鹤立鸡群，相传此树为明代仙人所植，它与黄山“迎客松”相比，也毫不逊色。

桃花源还有很多值得观赏的地方，无奈日已西斜，返回的哨声已响，我只得和同学们一步三回头地走出了桃花源。

心中的桃花源

赏析／韩文亮

美丽的景物是造化的奇迹，如诗一般美妙，如画一般优雅，不仅能放松疲惫的心情，还能陶冶性情，所以人们总喜欢在空闲之余出去游玩。而春天，就是出去游玩的好季节。我们透过孩子的眼睛在桃花之源漫游，看到了一个亭台楼阁、青山绿水、花海竹林的斑斓的世界。我惊讶于小作者的笔调之美，观察之细，还有驾驭文字的能力，那些优美的词语仿佛信手拈来，装饰成一个美丽的桃花源。这篇文章重新唤醒了我的一个遥远的梦，记得刚学陶渊明的《桃花源记》的时候，我就整天在幻想，什么时候我也迷失道路，误入那一片世外桃源，去感受大自然的美丽呢？

祖国有很多美好的河山，游山玩水是一种乐趣，也是一种见识。

游峨眉山

◆文/王艾梅

4月9日　星期三　晴

汽车沿着通往峨眉山的公路飞驰着。薄雾中，青灰的山峦、白色的瀑布、缭绕的云雾，各种景色映入了我们的视野，我们好像进入了仙境。一路上，我们忘情地谈笑着。下了汽车，拾级而上，一小时后，眼前出现了一座古老雄伟的寺庙——万年寺。举目四望，万年寺被一片绿树掩映着，迈进大门，看见了面目慈善的普贤菩萨。她端坐在金光闪闪的莲花瓣上，一头六牙巨象稳稳地驮着她。普贤菩萨和白色的巨象，重约六十二吨。望着这珍贵的文物，我想，这不是青铜铸成的，而是古代人民的血汗和智慧凝聚成的。菩萨头上的屋顶，画着四位仙女，仙女们在翩翩起舞。四周的墙壁上，雕刻着数不清的罗汉，千姿百态，栩栩如生。我们的目光，简直应接不暇。

走出万年寺，步向一线天。

一路上，山路蜿蜒曲折，两边山峰相对，山上绿树成阴。小溪清澈见底，"哗哗"地流淌着。我仿佛置身于一幅山水画之中。

"一线天到了！"

我们欢呼起来，蹦蹦跳跳地跃上石桥，走进峡谷。啊，两座山峰拔地而起，挨得那么近，似乎马上就要挤到一起。抬头望去，两峰之间只剩一条缝，细细的，真像一根线儿，难怪人们称它为"一线天"。

从石桥向下看，是一汪明净的泉水，翡翠似的，缓缓地流着，泛着鱼鳞一般的微波，水中觅食的小鱼，似乎伸手可捞，真是妙趣无穷啊！我和几个同学沿着岸边走着，去寻找这泉水的源头，走着走着，听到一阵水的冲击声，瀑布从十几米高的山上直泻而下，水花四溅，像毛毛细雨，飘落四方。我们捧起泉水，畅饮着，清凉可口，真好喝呀！

不知不觉，已是下午了。

我们告别了峨眉山，怀着恋恋不舍的心情，踏上了归途。

愉快之旅

赏析／陈艳芳

跟着作者一起游峨眉山，我也赏心悦目，大开眼界。

万年寺里有面目慈善的普贤菩萨，还有数不清的罗汉、仙女等。“望着这珍贵的文物，我想，这不是青铜铸成的，而是古代人民的血汗和智慧凝聚成的。”我非常赞同作者的说法。此外，我还认为它们反映了古代人民的一种精神面貌。神像寄托了他们对幸福生活的愿望。这些让人肃然起敬的神像，既是珍贵的艺术品，也是我们的历史遗产。

祖国有很多美好的河山，游山玩水是一种乐趣，也是一种见识。我们要好好保护我们的风景区和我们的自然环境，那么等我们学习累了的时候就可以找一处风景怡人的地方玩一玩了。

红日、金荷、紫叶、清水、蓝天、白云、绿柳、奇石，还有五颜六色的花、飞扬的旗，构成了美丽的微山湖。

美丽的微山湖

◆文/褚　倩

7月3日　星期天　晴

今天清晨，爸爸、妈妈带着我去微山湖游玩。

我们刚到湖边，红彤彤的太阳已经从东方升起，一缕缕金色的阳光洒向湖面，红荷花变成金的了，白荷花变成红的了，绿荷叶变成紫的了，湖面也泛起金灿灿的波纹。哗啦哗啦的流水声清脆而又有节奏，像一支快乐的乡间小曲。湖水清澈见底，一颗颗湖底石奇形怪状，五颜六色，像发光的宝石。一棵棵深绿色的水草随着流水，悠然地摇摆着，仿佛在跳舞似的。一条条鱼儿在水中自由嬉戏。这清清的水映着蓝蓝的天，白皑皑的云朵，活像一幅水彩画，美丽极了。

湖边，一棵棵柳树高大挺拔，像一位位美丽的少女把自己柔软、纤细的长发伸进湖里，尽情玩耍。一片片草坪像长长的绿色丝带，把微山湖环绕，鲜艳的野花像一颗颗珍珠点缀其间。

湖面上，一株株荷叶婀娜多姿，一朵朵荷花亭亭玉立，远远望去，水天相接，真是“接天莲叶无穷碧，映日荷花别样红”。那碧绿的荷叶，如同一把把小伞。椭圆形的叶片上晶莹的小水珠来回滚动，仿佛是颗亮晶晶的钻石。各种艳丽的荷花偎依在荷叶旁边，有白色的、粉红色的。有的已经露出粉黄的笑脸，有的含苞欲放。你看那朵粉红的荷花，红扑扑的脸蛋，多像个羞答答的小姑娘；再看那朵白荷花，洁白的花瓣简直能和白雪公主比美。一阵风吹过，荷花摆动着柔美的腰肢，轻盈地点着头，还吐出迷人的芳香。他们在干什么呢？在欢迎我们，还是在炫耀自己的美丽？

一艘艘汽艇在湖面飞驰，湖面被划成两半。船尾荡起一连串的浪花，一朵朵浪花溅在船上，又马上四处飞散，如同烟花一般。船身过后，湖面又慢慢恢复了原来的平静。满载乘客的轮船缓缓地前进着，船顶上鲜艳的五星红旗随风飘扬，把微山湖装点得更加美丽。

啊，微山湖，你是一幅最美丽的图画，你是一颗最璀璨的明珠。

用最真挚的心描绘世界

赏析／韩文亮

这篇日记就是一幅颜色缤纷的水彩画，红日、金荷、紫叶、清水、蓝天、白云、绿柳、奇石，还有五颜六色的花、飞扬的旗，构成了美丽的微山湖。

文中用了大量的拟人和比喻，写活了微山湖。本来就已经很美丽的微山湖在“我”的妙笔下，变得更加的美妙吸引人。曾经有诗人曰：黄山归来不看山。我觉得在这里要把它改一改，变成“微山湖归来不看湖”。

孩子的感情，总是细腻、丰富，带着对这个世界一切新鲜东西的好奇心，来观察身边的事物。在他们的眼中，一切事物似乎都褪去虚伪的东西，还原为真实的色彩。希望我们都能像孩子一样，一直用最真挚赤诚的心，感受和描绘这个美丽的世界。

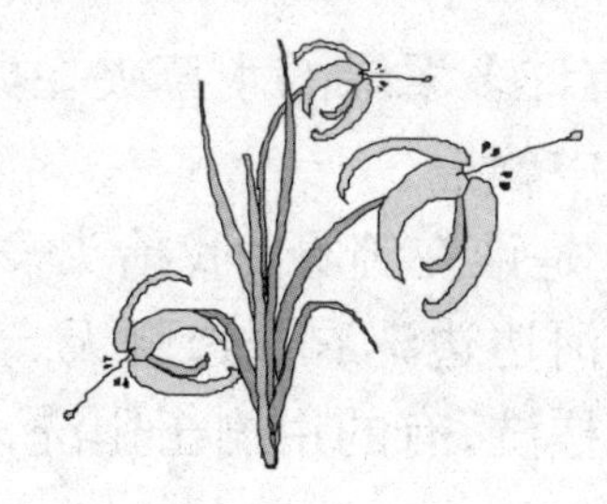

村庄里的小河，伴着温情的笑脸，一直在我们的心里流淌。

家乡的小河

◆文/赵凤燕

6月5日　星期六　晴

我的家乡在凤山县郊区的一座村庄里，村子两面都是大山，在大山和村子之间，有一条玉带般清澈透明的小河。

来到小河边，一阵风吹过河面，河面上立即荡起了一圈圈的涟漪。在阳光的照射下，河面上的波纹好像是闪着亮光的银子。有几只水鸟扑扑地钻进水里去了，河面上立即飞溅起一颗颗水珠，在阳光的照耀下，仿佛是一颗颗闪着耀眼光芒的珍珠在跳动，不一会儿水珠便落到水里去了，河面上溅起一串串细细的水花。一只水鸟由河岸边的小树飞到了那边的房顶上，欢快地唱起歌来了。

这怪有趣的，我跳到水中的一块大石头上，听到河水流到低处发出"哗哗"的响声。小河里的小鱼自由自在地游动着。有的小鱼贴着水面吐出几个水泡，我用手轻轻一打，水泡破了，那小鱼像受了惊吓似的慌忙游走了。有的小鱼在石头旁摆着尾巴，有的小鱼在水草中穿来穿去玩耍嬉戏。

在清亮的河底，有许多翠绿的水草夹在卵石中，摇摇摆摆飘荡着，像绿色的彩带在水中飘摇。

"哈哈哈……"咦？是谁在笑呀？我抬头一看，原来在不远的地方有三位阿姨，她们在小河边边洗衣服边聊天。不久，又有好几位大姐姐来了，她们有的用手搓洗，有的用刷子刷洗，有的用木棒捶打。一声声清脆悦耳的捶打声从她们的手下响起来，那声音真好听呀！从衣服上飞溅起一颗颗小水珠，好像是她们打一棒就溅起一颗颗闪光的小珍珠。这欢声笑语、洗衣服的搓打声，组成了一曲美妙动听的交响乐，回荡在美丽的河谷之间。河面上，她们漂洗的红色衣服像一片红霞在水上飘动，这和天上的彩霞在水中的倒影融合在一起，叫人分不出哪是云影，哪是衣影。

家乡的小河，你是多么美丽、多么可爱！

童年的小河

赏析／韩文亮

很多人小的时候，都是在山村度过的。家乡的小河总是充满了笑声，流淌着永远的属于童年的梦。

记得我自己小时候像个野丫头，常跟在一大堆毛头小孩身后到处折腾，傍晚的时候身上已经是脏兮兮的，像巧克力拌饭。村里炊烟四起的时候，我们就赶紧跑到小河边，“扑通”一声跳下去，学潜水，打水仗，摸小小的螺，还抽空溅起些水花，泼湿正在上游洗菜或者下游洗衣服的姑娘媳妇的身子，惹来几声笑骂。大人喊回家吃饭的时候衣服和身子都干净了，只是浑身湿漉漉的像个落汤鸡。

呵，那些有小河陪伴的快乐的日子，是童年宝贵的回忆。村庄里的小河，伴着温情的笑脸，一直在我们的心里流淌。

抽出一点时间，亲近一下自然，放松一下自己。只有懂得放松的人才懂得生活。

都市的早晨

◆文/(台湾)陈冠良

2月26日　星期日　阴

晨鸡的报晓声，把我从美梦中惊醒。我揉揉惺忪的睡眼，伸伸懒腰，穿好了衣服，开窗一看，东边已经渐渐发白了。四方上下，笼罩着淡薄的白雾。在这空气新鲜、令人舒畅的早晨，我总要到街上去散步。这几乎成了早晨的功课之一。

柏油路上，罩着一层厚厚的雾珠，我慢慢地走着，在它的上面点缀了一些脚印。隐蔽在白雾里的两旁的店铺，还是紧紧地关闭着，也许里面的人还在熟睡吧？在这个四周寂静的世界里，我仿佛是在无人之境漫步。

一会儿，远远传来一阵“油炸果”的叫卖声和卖豆腐的铃声，搅扰了这幽静的早晨。当我将要回去的时候，太阳已经露出半个脸来了，浓雾也消散了许多，街上的店铺也陆续地开了店门。于是随着三五成群的人和来来往往的汽车、自行车的出现，都市又恢复了热闹的景象。

当我回到家里时，妈妈已经准备好了早餐。

享受早晨

赏析／韩文亮

正所谓“一年之计在于春，一天之计在于晨”，早晨对人类而言是多么重要的时刻，可是生活在都市的人们带着昨夜加班或者学习的疲惫还在睡梦中，很少有人会特意起来感受早晨的清新，更不用说每天早晨去散步了。难能可贵的是小小年纪的“我”将散步看成了每一天必修的功课，习惯了早早起床，享受属于都市的早晨。

城市里绿化越来越少，路上的植物都是人工的，整齐得没有了灵气。我们每天只能缩在钢筋水泥围成的房子里，冬有暖气夏有空调，已经忘了四季，忘了星辰，忘了清晨的空气，忘了公鸡的报晓声。我们不能总是在分秒必争地学习，身体不是机器，我们要尽量抽出一点时间，亲近一下自然，放松一下自己。只有懂得放松的人才懂得生活。

真实的美景需要用心寻找，真实的美景只存在敏感的心中。

夏 夜

◆文/周文佳

8月4日　星期三　晴

今晚，爸爸妈妈带我上公园去散步。

公园里，游人三三两两在林阴道上、人工湖畔悠闲地踱着步。我们一边走，一边谈笑着。晚风习习，树影婆娑，醉人的花香沁人心脾。平静的湖面就像一面大镜子，微风拂过，激起一圈圈涟漪，只见波光碎影，像细小的鱼鳞撒满水中。

我抬头仰望夜空，小星星调皮地眨着眼睛，那轮明月正对着我微笑。这里的小动物正在举行音乐会：青蛙打鼓，蝈蝈弹琴，声音美妙极了！

微弱的月光下，那一池挨挨挤挤的荷花，样子千姿百态：有的像害羞的小姑娘，红着脸，躲在碧绿的荷叶下；有的像俊俏的仙姑，对着平静的湖面梳妆打扮。荷叶上的水珠像一粒粒珍珠，来回滚动着。我被这美丽的荷花迷住了。我似乎变成了一只蝴蝶在空中飞来飞去，一会儿瞧瞧这朵，一会儿又看看那朵，觉得一朵比一朵美丽。一阵晚风吹过，仙女般的荷叶翩翩起舞，我也不由自主地跳了起来。

我爱夏夜，爱这夏夜里的荷花。

美在心中

赏析／佚　名

罗丹曾说："生活中不缺少美的东西，只是缺少发现美的眼睛。"

读完这则日记，我感到清雅宜人的感觉！作者纯情笔触下平静的人工湖、眨眼的星辰、皓月，多才多艺的动物，还有"楚楚动人"的荷花，一幅幅美丽朴实的画面频频闪烁在我脑间。儿时，我也和爸爸妈妈牵着手游玩夏日的公园，共享天伦，在美的风景中得到身心的释放！

在现在这个物质丰富的社会，多少孩子沉湎在电脑、电视游戏中；多少孩子手捧KFC，斜倚在沙发上看肥皂剧；又有多少孩子在流行音乐和歌星的光环中自我陶醉……作者能在尘嚣之中如此静心细腻地品味自然淳朴的景色，更能让心思随景色而绽放，何其珍贵！

真实的美景需要用心寻找，真实的美景只存在敏感的心中。

山里的山，人外的人，比城市更有温情的味道，更有家的感觉，仿佛那是远离文明的另一个世界。

我爱乡村的傍晚

◆文/王　川

5月23日　星期四　晴

今天，我回到了阔别已久的山村故乡。上午，一场大雨把山村的山川原野冲洗得一尘不染。

傍晚，我独自沿着被雨水淋得湿润松软的田间小路，来到小时候常跟姐一起去放牛的小山冈，美美地呼吸着乡村田野里清新的空气。

眺望远处。啊！乡村的傍晚多么像一幅美丽的油画：柔和的夕阳，绚烂的晚霞，横卧在不远的天边群山，倚山而建的一簇簇的村落，一家家房顶上升起的袅袅炊烟……奶奶在世时说过：一层山水一层人。我望着群山遐想：大山背后又是一层怎样的山水？怎样的人？这里看不到城市的车水马龙，听不到城市的各种音响喧闹，但却充满神秘。

近处，是一片金黄的稻田。一阵晚风吹来，掀起了一重重稻浪，使我仿佛置身于一个金色的海洋之中。稻田的边缘是一排排的丝瓜架，瓜蔓儿上开满了一朵朵金黄的花。辛勤的小蜜蜂正“嗡嗡嗡”地一边歌唱一边采蜜。丝瓜棚旁边那块碧绿的西瓜地里，虽然没有蜜蜂的歌唱，却有着丰收的喜悦。瞧，一个个大西瓜像一个个胖娃娃似的躺在瓜蔓母亲的臂膀里，夕阳的余晖轻轻抚摩着它们，催它们入睡。

在我身边的山坡上，则是另一番景象。三五头水牛正在草地上悠闲地啃着青草，还不时抬起头来，面对充满诗情画意的乡村晚景，“哞哞”地长叫几声来抒发自己快乐的情怀和感受。那低沉浑厚的余音在宽阔的田野回旋，使人听了兴奋。

乡村的傍晚多美呀！我若有架照相机，定要把起伏的山峰、金黄的稻田、西瓜地里丰收的景象和那引颈高歌的大水牛一一拍下来。

我多么喜爱乡村这迷人的傍晚！

回归自然的心灵

赏析／韩文亮

“我”的故乡在山里，山里的山，人外的人，比城市更有温情的味道，更有家的感觉，仿佛那是远离文明的另一个世界。而雨后的乡村，接受了雨水的洗礼，更加的清新。它远离了城市的喧嚣和繁华，是一种回归自然的宁静。感觉上，童年总是与乡村、小路、牧童、笛声、庄稼和黄牛连在一起的。“我”回到久违的乡村，实际上也是回到了童年，勾起了温暖的回忆。

记忆中童年中那些炎热的夏天，金黄的稻谷还散发着焦焦的味道。而傍晚的山村是悠闲的，夕阳的光辉昏黄温柔，炊烟袅袅，劳作了一天的人们回到了简陋的家，家人围着桌子吃饭，有说有笑，不时还有串门的邻居捧来几碗自制的小菜，还有比这更温暖的东西吗？那都是我们愿意牺牲一切东西来换取的。

我相信，热爱自然、热爱美的人也是热爱生活的。他(她)的心灵是健康、善良的，也是幸福快乐的。

美丽的北京晚秋

◆文/王秋寰

10月8日　星期六　晴

北京郊区的秋天景致特别美好，分外宜人。每当走在甘家口往西的阜成路上，我便觉得格外舒畅。

今天下午，爸爸带我去京郊去玩，汽车在公路上飞驰，我从车窗里看公路两边的景色。这是一条能去西郊的京西公路，笔直笔直的，一眼望不到头。大路两边，一棵棵银杏树，在晚秋时节，挂着一把把金黄色的小扇子。一阵秋风吹过，小树叶不停地摇摆，不时地往下飘落，好似向来往的行人赠送秋天的纪念。还有高大的钻天杨树整整齐齐排在大道的两旁，像是一行迎宾的队伍。快行道与慢行道的分界线是由一米二高的小柏树墙隔开的，这些小柏树凭着他们顽强的生命活力,不怕风吹雨打,不怕酷暑严寒,郁郁葱葱的绿枝叶像是做好了对冬天抗争的准备。在慢行、快行道上,穿梭般行驶着各种车辆,给这大道增添了无穷的活力。

树叶在秋风中飒飒作响,既像是在窃窃私语,又像是在轻快地歌唱,好像倾吐着它们为美化北京、美化秋天而出力后的喜悦。

晚秋,美丽的季节

赏析/方　芳

秋天是一个美丽的季节,只要你留心欣赏,就会发现她的可爱之处。

银杏树的叶子像一把把金黄色的小扇子,在秋风中摇摆着;杨树高高耸立,像迎宾的队伍;柏树虽然矮小,但生命力顽强,郁郁葱葱,精神抖擞。古人认为秋天是一个伤感的季节,然而,在小作者看来,秋天是美丽的,是充满喜悦的。树叶儿在风中飒飒作响,或许在别人听来倍感凄凉,而小作者却认为他们在窃窃私语,又像在轻快地歌唱。我们也被他的快乐感染了。

从作者的笔下,我们不但欣赏到一幅美丽的秋景图,而且读出了他内心的快乐。我相信,热爱自然、热爱美的人也是热爱生活的。他(她)的心灵是健康、善良的,也是幸福快乐的。

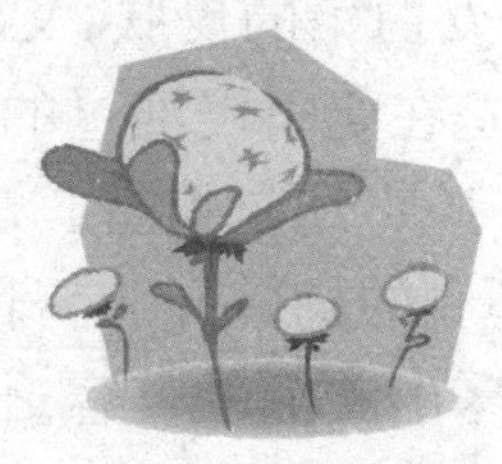

翠绿、墨绿，白如玉，粉似霞，多么漂亮的色彩啊，把荷的柔情都烘托了出来。

夏日观荷

◆文/黎小红

7月18日　星期五　小雨

好不容易度过了骄阳似火的白天。傍晚，太阳下山了，天渐渐地凉爽起来。听说城河里的荷花开了，吃过晚饭，人们纷纷到河边观赏荷花。

你瞧，河面上那一张张荷叶，翠绿、墨绿，颜色不一，光滑油亮。它们挤挤挨挨，有的浮在水面上，有的出水老高，还有的卷着卷儿。那高高挺立的荷叶，犹如亭亭玉立的少女张开的舞裙。浮在水面上的荷叶好似一个个碧玉盘。偶尔几只青蛙跳到荷叶上，溅起的水花落在“玉盘”里立刻变成了圆滚滚的“珍珠”。可爱的“珍珠”在“玉盘”里滚来滚去。青蛙瞪着鼓鼓的眼睛望着人们，也许是害怕了，“呱”地叫了一声，跳到水里去了。

“快看！多美的荷花啊！”不知是谁喊了一声。大家向河面上望去，我看到了，在那一片荷叶的掩盖下，露出了几朵荷花。有的白如玉，有的粉似霞。白的好像是少女白嫩的皮肤，又似无瑕的白雪。与其说它是出于淤泥，倒不如说它是在奶里浸泡过的。再看那粉红的，真不知它是被天边的晚霞映红了脸，还是怕羞。这些荷花有的羞涩地打着苞，有的刚刚绽开几瓣，还有的娉婷开放。你瞧，那打着苞的，真像一位腼腆的小姑娘，半开着露出美丽的笑容。怪不得人们用“芙蓉仙子”的芳名来赞美荷花的姣好。

听妈妈说，荷花谢后结出的果实——莲子，是营养价值很高的食品。根部还结出深受大家欢迎的藕。荷叶还是清热解暑的中药呢！我看着，听着，心中禁不住想：荷花出淤泥而不染，不仅高雅、美丽，点缀了大自然，而且还把自己的全身无私地奉献出来。我们做人不应该做这样的人吗？

观荷有感

赏析／程　光

这是一篇细腻优美的日记，文采飞扬，全文有着令人心醉的颜色，让人看了赏心悦目。

翠绿、墨绿，白如玉，粉似霞，多么漂亮的色彩啊，把荷的柔情都烘托了出来。白嫩、白雪，像在奶里浸泡过的，看了真让人想亲亲这如玉的白荷花；羞涩地打着苞的，刚刚绽开几瓣的，娉婷开放的，在小作者的笔下，荷花仿佛具有了各种女性的形象：腼腆的，大方的，“芙蓉仙子”呼之即出。

对荷花进行了外貌描写之后，小作者笔锋一转，进而写起了荷的内在和精神，并且发出了“我们做人应该做无私地奉献的人”的感叹。从观荷花、赞荷花到向往荷花的奉献精神，这是小作者感情的抒发，思想的升华。

拥有这般美好情感的小作者也必将成为一朵受人喜爱的美丽的“芙蓉仙子”。

春天的风，是五颜六色的；夏天的风，是绿色的；秋天的风，是金色的；而冬天的风，是白色的。

四季的风

◆文/张　琰

4月28日　星期四

风就像娃娃的脸，说变就变。

春天的风一吹，万物复苏。积雪融化了，汇成小溪，淙淙地流向江河；桃树开出了粉红色的花朵，柳树抽出新的枝条，冬眠的小动物们也被春风叫醒了；春风再一吹，农民伯伯被叫到地里播种新的庄稼，春雨被叫到田地里，让贪婪的麦苗吮吸自己的"乳汁"。

清晨，夏天的微风吹过，让人感到格外的凉爽。风儿来到公园，公园里池塘上的青蛙"呱呱呱"地叫着，好像在为散步的人们歌唱；风儿来到花园里，花儿在微风的吹拂下翩翩起舞；风儿来到了田野里，田野里的麦苗在向风儿招手问好。

秋天，金风吹掉了通红的枫叶，帮枫树妈妈脱掉了穿了两季的红衣，所有的落叶像小天使一样在林间飞舞。金风再一吹，田野里的庄稼成熟了，果园里的水果成熟了，远看就像一大片红色、黄色、菊色的小圆点，五颜六色。菊花开得最美丽，金风一吹，随风飘动。

冬天的寒风一吹，人们又穿上了厚厚的棉袄。你瞧，天气一天比一天冷，雪一天比一天下得大，调皮的小雪花被风吹到人们的衣服里、鞋子里。光秃秃的树干上压满了白雪，好似开了朵朵白色的银花。

风，有时温和，有时暴躁，我们要掌握更多的科学知识，让风这张多变的脸被我们所熟悉。

关于风的遐想

赏析／韩文亮

科学家说:运动产生风。

这个世界的生物天天月月年年岁岁都在运动着——生长、衰老、死去、重生。而运动产生的风仿佛也有了生命般,总是不停地吹,将季节更替的讯息带到世界的每一个角落,所以风就代表了四季。在小作者的笔下,风是有颜色的,也因此我们有了关于风的遐想。春天的风,是五颜六色的;夏天的风,是绿色的;秋天的风,是金色的;而冬天的风,是白色的。但不管是什么颜色,风一直在丰富着四季,装点着自然。风温柔的时候抚慰人的心灵,可一旦我们违反自然的法则,粗暴地对待自然,它就会卷起沙尘暴,引发海啸,给人类带来灾难。它就像一只野性未驯的猴子,还需要我们的小朋友努力学习科学知识,更好地了解它、控制它,让它为人类谋幸福。

每当天空下起雨的时候，仍然喜欢抬头望天，看着那个奇妙的雨世界。

雨

◆文/成　莹

5月3日　星期三　雨

今天，老天大概遇到什么伤心事，总是板着铁面孔。

到了下午两三点钟，终于下起雨。那雨，一会儿像瓢儿向外泼，一会儿像筛子往下筛，一会儿又像喷雾器在那儿喷洒。这雨一会儿大，一会儿小。

街道上，忽然撑开了顶顶绚丽的小花伞。伞的色彩鲜艳繁多，有鹅黄、浅白、艳紫、桃红等，真像开一个“伞的展览会”。

雨，鞭子似的抽打着楼房、树木和柏油马路。雨“哗哗”地下个不停，像千针万线，把天空密密实实地缝合起来。

我回到家,坐在写字台前做作业。粗大的雨点打在玻璃窗上叭叭直响,雨越下越大。我透过窗户往外看,天地间像挂着无比宽大的珠帘,迷蒙一片。

这真是奇妙的雨世界!

奇妙的雨世界

赏析/韩文亮

地上的水分蒸发到天空,又变成雨水落下来。奇妙的雨世界在小作者的笔调下清新而美丽,仿佛摄影家透过毛玻璃照相一般,朦胧温馨,而且带着流动的色彩。难怪正在做作业的"我",也忍不住开起小差来。

我想,下雨的时候,看雨的人肯定不少。一直觉得雨有一种神奇的力量,当它降临世界的时候,能把人间的污垢洗刷得干干净净。小时候,老嬷嬷总是骗我,说天空下起小雨的时候就是龙王在打喷嚏,下大雨就是龙王在哭。那时候我就会睁着敬畏的眼睛战战兢兢地站在窗边,透过霏霏的小雨或着滂沱的大雨望天,希望一睹那位能够翻云覆雨的龙王的真面目,可总是失望。现在虽然已经知道没有龙王的存在,可每当天空下起雨的时候,仍然喜欢抬头望天,看着那个奇妙的雨世界。

天然的冰块，加上艺术家们的才华与努力，形成了让人赏心悦目的冰雕艺术。

冰的世界

◆文/曹　畅

1月25日　星期日　雪

位于北京西郊的龙庆峡热闹非凡，它又迎来了一年一度的冰雕节。我们全家一起来到这里观赏冰雕艺术。

顺着山下的小路，我们步入了一个晶莹雪亮的冰雪世界。小道两旁，各式各样的冰雕小灯塔闪着红、粉、绿、蓝、黄色的光。小山坡上，一大群冰鹤正翩翩起舞。

“冰雕西游宫！”我抬头一看，一座高大华丽的冰牌楼正放着五彩的光芒。再看洞内，又是一番奇景：洞的一侧立着一座冰宫，猴王的师傅——菩提祖师端坐殿中，正给弟子们讲道。这便是猴王学艺的地方——中洲。右边，一支粗大的冰柱放着异彩，上面刻有“定海神针如意金箍棒”的字样。东海老龙王正与猴王交谈,脸上露出诡秘的神色;在他们旁边,虾兵蟹将乌龟丞相正指手画脚、伸头探脑地出主意,生怕神针被抢走似的。看着这栩栩如生的景象,我为艺术家们如此高超的冰雕技艺惊叹。

登高眺望,晶亮的冰雕在灯光映照下,各个景物一一呈现在眼前,更加神奇瑰丽。

龙庆峡冰雕真不愧为京西奇观呀!我们真是不虚此行。

自然与人工的杰作

赏析/陈艳芳

猴王学艺的故事在电视里看过很多次了,那只精明机巧的美猴王在“冰雕西游宫里”怕不怕冷?冰雕的虾兵蟹将乌龟丞相那栩栩如生的样子又是怎么样的?它们在灯光的映照下又是怎样的神奇瑰丽呢?我是南方人,没见过冰天雪地的世界,更没见过冰雕。我向往雪天,更向往闻名中外的冰雕世界。此时真想跑到龙庆峡的冰雕世界里一睹为快。

冰雕是一门艺术,也是一份苦差事。它不但要求艺术家们有高超的技艺,还要求他们有和寒冷作斗争的毅力。想一想,在寒冷的冰块上非常有耐心的工作是多么辛苦的事情。

天然的冰块,加上艺术家们的才华与努力,形成了让人赏心悦目的冰雕艺术。我想这些冰雕也可以说是大自然与人类智慧的杰作吧。

校园，初雪的校园，你虽无鸟语花香，但给我们带来了欢乐。

校园初雪

◆文/陈爱红

12月23日　星期五　小雪

冬天来啦！大地变了，校园变了。

一阵寒风吹过，灰蒙蒙的天撒下了小雪粒，打在校园的树上、房顶上……沙沙啦啦地响，像是在弹奏一支轻音乐。突然，小雪粒不辞而别，雪姑娘来了，像鸟一样轻盈，从空中飘落下来，亲吻着久别重逢的大地。很快，校园换上了一件银色的大衣，显得格外素雅、美丽。

你看：树木的枝丫挂上了一条条银项链，小草茎上串上了一颗颗晶莹的珍珠，花儿也竭力显示出自己的美……这时的花园、花坛简直成了“水晶宫”。一些“淘气鬼”钻进了“水晶宫”，伸出几双冻僵了的小手，摘下一挂挂冰串，高声叫着：“卖棒冰哟——”“卖冰葫芦哟——”

雪停了，太阳公公露出了笑脸，它大概喜欢雪姑娘吧！把她紧紧拥抱住。雪姑娘害羞地挣扎着，终于逃脱了，不知躲藏到哪里去了。这时的校园湿漉漉的，树上、屋檐上滴滴答答地淌着冰雪珠儿，这大概是雪姑娘狂欢之后流下的泪水吧。

校园，初雪的校园，你虽无鸟语花香，但给我们带来了欢乐。

美丽的童话

赏析／许妍敏

冬天总是要下雪才显得精彩，下雪的景致总被抒写得浪漫、温情。在这篇日记里，我却看到了快乐的雪景、快乐的雪精灵，还有快乐的校园。

小作者抓住了一场校园初雪形成的每一个细节，风起、小雪、飘雪、结冰、雪停、融雪，拟人化的描写让人感到调皮的雪精灵仿佛就在身边，让人感到冬天虽然寒冷，却也生机勃勃。

“银大衣”、“银项链”、“晶莹的珍珠”、“水晶宫”、“冰葫芦”……多么形象的比喻，顿时觉得亲切动人，改变了雪在我心目中冷冰冰的感觉。

融雪的一段写得格外出彩：雪姑娘害羞地挣脱太阳公公的怀抱，藏了起来，流下狂欢之后的泪水。情节有趣、内容生动，把融雪的瞬间描绘得灵气十足，非常有趣。我想，小作者一定是个充满幻想、充满爱心的小姑娘，只有心中有梦，才能把初雪写得像童话似的。

善待自然，好好保护她，她会赋予我们美好的礼物的，如清风、蓝天、白云、朝霞……

晨 雾

◆文/韦贤家

12月12日 星期一 晴

早晨，我打开窗户，一下子愣住了。

从山里边飘来无数条“衣襟”，飞来无数只“小鸟”。哦，原来是晨雾，白茫茫的一大片晨雾。山罩上了一层薄纱，能看见的只有那朦朦胧胧的山影。街上的行人似乎都戴着“帽子”，若隐若现，只有相隔两三米才看得清脸庞。房子和小树，时而隐藏不露，时而又展现在眼前。

雾，有的像飞翔的鸟，有的像打鸣的公鸡，有的像奔驰的骏马，慢慢聚拢来，又徐徐分散开……真是五花八门，千姿百态。有时雾会轻轻抚摸我们的面颊，带给我们一种凉丝丝的感觉。有时雾见到我们就东躲西藏，好像在与我们捉迷藏。

过了一会儿，雾渐渐地淡了，悄悄地薄了……

顷刻之间，"衣襟"不见了，可能是被仙女收回去了。这时，太阳露出了笑脸，和煦的阳光照亮了大地。突然，我眼前一亮，山变了，变得那样勇敢，不像先前那么害羞。溪水变了，变得那样晶莹透亮。哦，这不正是仙女的绿衣襟吗？

大自然的礼物

赏析／方　芳

大自然很多时候都是很可爱的。她会大大方方地把美丽的景色送给我们，让我们陶醉，让我们惊叹不已。

晨雾，像仙女的"衣襟"，给大地罩上了一层薄纱，让人如入仙境，又像进入了如诗如画的梦境一般。我仿佛真的看到了空中有一只大鸟在飞翔，一只公鸡在打鸣，一匹俊马在奔驰……真是千变万化的雾姿。雾好像有灵性似的，她会抚摸我们的面颊，还与我们捉迷藏。它好像不仅仅是一种自然现象了，还是一位很友好的朋友。

雾散的时候，眼前变得明亮起来，一切都像刚睡醒一样，同样很可爱。

晨雾是大自然一大早就为我们准备的可爱的礼物。善待自然，好好保护她，她会赋予我们美好的礼物的，如清风、蓝天、白云、朝霞……

春天一到，冰雪融化，万物苏醒，世界仿佛一夜有了声音，有了生命。

春天来了

◆文/严建飞

2月8日　星期六　晴

春天来了，草儿绿了，花儿开了，河水笑了，我们小朋友也更欢快了。

郊外，伴着小鸟的欢唱，我们去找春天。找到了，找到了，春天已悄悄地降临了。看，麦苗碧绿碧绿，鲜嫩鲜嫩的，一片连着一片，像绿色的海洋。一阵风拂过，“海洋”里碧波荡漾，麦苗稚嫩的绿色变成了滚动的绿海，带着“沙沙沙”的声音刹那间传到远处去了。那金黄的油菜，一方方，一块块，似海洋里涌出的一座座小金山，又像是一条条金黄的地毯，在阳光的照耀下，发出夺目的光彩。清风徐来，浓郁的油菜花香，沁人心脾，我都快要被熏酥了。蜜蜂蝴蝶可忙坏了，成百上千地在花丛中翩翩起舞，上下翻飞。不听话的小朋友可千万别乱摘花儿，要是触怒蜜蜂，让它蜇一下，那可够你受了。

小道边，小草偷偷地钻出地面，慌慌忙忙地伸叶爬蔓，不多时就铺满沟沿儿、田埂，远远望去，绿茸茸的一片，恰似一条绿地毯，踩上去，软软的，松松的，我索性躺下，打着滚儿，尽情地享受春的温馨。咦？那些五彩的小斑点是什么？哦，那些橙黄的、橘红的、茄子紫、葡萄灰，都是花儿，什么蒲公英啦，马兰啦，鸭子食啦……还有些我见也没见过、叫也叫不出名儿的野花，像满天的星星散在碧玉盘里，它们争妍斗奇，把“绿地毯”打扮得格外美丽。

在路旁，我们发现了上端被火烧焦的茅草，扒开它的根部一看，呀，真是奇迹！那烧焦的茅草根部又抽出了鲜嫩的绿色的芽。我不由得惊叹那小草的力量的伟大了，真是“野火烧不尽，春风吹又生”啊！

果园里，桃花、杏花、梨花，你不让我，我不让你，都像赶集似的聚拢来。望着一朵朵美丽的花儿，我似乎感觉到了桃的香、杏的酸、梨的甜，不由得直咽口水。

小河里的浮萍，全被风吹到河的一边儿去了，挨得紧紧的，不留一点儿缝隙，远远望去还真有点“半江瑟瑟半江红”的味道呢！

鸭子、鹅在水里尽情嬉戏着，水面皱起一圈圈圆晕，别有一番情趣。我们沿着河边蹦啊，唱啊，尽情享受着这美好的春光，享受着这春天给我们的慈爱。

置于春的海洋中，我不禁想到：春天不愧是生命和希望的象征。望着路边忙忙碌碌的蜜蜂，我倏地忆起了：“一年之计在于春，一日之计在于晨。”朋友，春天来了，又一年开始了，你有什么新打算呢？

感受春天

赏析 / 韩文亮

冬天是沉静的，万物都躲在冰雪的保护下，安静地沉睡。等春天一到，冰雪融化，万物苏醒，世界仿佛一夜有了声音，有了生命。冬天里掉落的叶子、枯萎的草、凋落的花都能在这个季节发出喜悦的声音，重新生长，获得新生。所以春天是希望和播种的季节，人们在经过了一个冬天的沉闷后，高高兴兴地出来踏青，一扫胸口的闷气，也因此产生了不少讴歌春天的文章。

小作者用他那颗童稚的心，去感受春天的气息。透过他的眼睛，我们看到了一个生机勃勃的春天。文中不时用拟人和比喻将景物鲜明化，行文生动流畅，驾轻就熟。排比的段落，华丽的语言，浓墨重彩地描绘了春天的景色，可以看出小作者对文字的驾驭能力十分了得。

夏天，给人的印象往往只有炎热，给人的感觉往往是厌倦。然而，用心留意生活，你会发现夏日是美的。

夏　　天

◆文/方　非

7月20日　星期五　晴

夏天的早晨，朝霞映红了人们的脸庞，映红了整个大地。太阳悄悄地露出头来，把那光辉洒向人间。

太阳越升越高，小草上的一颗颗小水珠悄悄地溜走了，树上的知了已开始叫了起来，慢慢地，越叫越急，越叫声音越大："热死人啦！热死人啦！"

正午，天空中没有一丝云彩。天空的太阳再不像早晨那样害羞，发出了耀眼的白光，简直要把大地烤焦似的。小树用叶子掩护着身体，鱼儿躲在水里不敢露面。路上的行人很少很少，只有汽车还来回奔驰着。

太阳西斜了，不知从哪儿飘过来几朵云彩，被太阳染得通红又慢慢扩散着，变幻着。啊！那是晚霞。

这时，西边已不见太阳，而那美丽的晚霞还久久地不愿离去。

夏天也美

赏析／杨晓聪

夏天，给人的印象往往只有炎热，给人的感觉往往是厌倦。然而，用心留意生活，你会发现夏日是美的。

夏天的早晨，太阳越升越高，偎依在小草、绿叶上的水珠，金光闪闪，如同珍珠闪烁着光华。迎着太阳，沉睡的花草儿也从睡梦中苏醒，伸着懒腰。

正午，碧空中漂浮着朵朵白云，在和煦的微风中起舞，把蔚蓝的天空擦拭得更加明亮。各种“音乐家”不约而同地表演着自己的本领，知了、蟋蟀当然不甘落后，似乎演奏着大型演唱会。郁郁葱葱的大树也不忘展示自己强壮的身躯。

太阳西斜，那朵朵漂浮的云彩被染得通红，如火烧、如红墨，千变万化，给人们展示着一场“魔术表演”，令人陶醉！最后美丽的晚霞离去，留恋的人还向西边凝视着。

拥有一颗善于发现的内心，夏天也会很美！

收获的季节,秋不会让等待的心灵失望,那么就让我们用全身心去体验生活吧,用心去体验收获的快乐!

秋

◆文/田　静

9月27日　星期六　阴

几片树叶落在地上,风儿吹着它们旋转飞舞。哦,秋!

秋,来到一所农家小院,热情地同挂在树上的一串串金黄色的玉米打招呼,一颗颗黄灿灿饱满的玉米粒儿向人展示秋天特有的姿色。屋檐下,秋吻得辣椒的脸火红火红的,像一挂挂等待人们点燃的鞭炮。秋,轻轻地扑上主人的脸,增添了祝福,增添了高兴。

秋,来到小河边,凉凉的小河水带着鱼儿的兴奋,旋转的波涛。一条条肥硕、活泼的鱼,嬉戏相乐,溅起一圈圈圆圆的联想,有时,一看见人影,就闪电般地逃开了;有时,它们好像也想和人戏耍似的,来去倏忽。秋,迎住了正要下河的鸭子,替它拍下了尾上晶莹的露珠。

秋，飞越田野，人们的汗水顺着脸颊流淌，劳累挡不住惬意地笑。收获的笑声，打破清晨的寂静，也惊飞了飞往南方越冬的大雁。

哦，秋！

秋，来到果园，打开她的化妆盒，把苹果擦得透红，把橘子抹得金黄，把葡萄涂得紫莹莹的……秋推出了这一切，惬意地笑着。

哦，秋！

秋，把丰硕的果实留给人间，把美好的祝福留给人间，秋呢，便拂袖而去，树枝摇曳，叶儿欲追随秋的足迹，乘风而去，在空中打了几个旋转，又飘然而落，留下一个美好的思念。

生活着，收获着

赏析／王意琴

我看到了一个明朗、繁忙、喜庆的秋之景。天地间，因秋天的到来，充满了快乐和满足。哦，金色的秋，收获的秋！仿佛看到劳动人民怎么在春寒料峭的时候满怀希望播下种子，怎样为了美好的盼望不顾风雨不顾烈日面朝黄土背朝天照料着自己的田地，终于，迎来了今日的丰收。金黄的玉米、火红的辣椒，是真实的回报，见证了劳动的人付出的汗水和艰辛。是人们“顺着脸颊流淌”的汗水灌溉了美丽的秋，是“劳累挡不住惬意地笑”点亮了秋风。

有付出才有收获。收获的季节，秋不会让等待的心灵失望，那么就让我们用全身心去体验生活吧，用心去体验收获的快乐！

晨雾是大自然一大早就为我们准备的可爱的礼物。善待自然，好好保护她，她会赋予我们美好的礼物的，如清风、蓝天、白云、朝霞……

感动系列

它与我们同在

留给自己一个梦

小小蚂蚁
真顽皮
爬上窗台
最勤快
小小力气
野心大
大鱼大肉
大骨头
一样一样
拖着走

一条小鱼、一只小虾、一棵小草也可以为我们的童年带来乐趣，它们都可以成为孩子的朋友。

小 河 虾

◆文/李小艳

11月5日　星期二　晴

下午，爸爸买回半斤欢蹦乱跳的小河虾，这可把我乐坏了。我赶紧拿来空玻璃缸，在缸底铺上一层又一层又厚又柔软的细沙，放上半缸水，把河虾倒入水中。这些小河虾一遇着水便活跃起来，它们在缸内飞快地游动，互相追逐嬉戏。不一会儿，它们可能是累了，趴在缸底的卵石上一动不动。这给我的观察带来了极大的方便，我轻轻弯下身子，靠近缸面，只见这些虾通身透明，约有二三厘米长。这时，我发现在我面前的一只虾比别的都大，全身透明发亮，仿佛是位身披银盔素甲的将军，十分威风。它那尖尖的头上一对乌黑的小眼睛不时来回地转，窥探四周的动静；六条胡须前后左右不停地摆动着，巡视周围的

“敌情”，五对细长的足也快速地动来动去，像船上的划桨。

我想试探一下这位“将军”的本领，便拿了根小木棍伸向水中，还没等木棍靠近它，它早已感觉到了危险的存在，立刻转过身，划水向别处游去。

啊！多么可爱、灵敏的小河虾呀！

快乐玩伴

赏析／陈艳芳

快乐的童年当然离不开快乐的玩伴。孩子的玩伴是多种多样的，有时可以是我们的小伙伴，有时可以是玩具，有时可以是小动物，如“我”的小河虾。

“我”的小河虾非常可爱。它们在缸内飞快地游动，互相追逐嬉戏……那一只“将军”河虾还没等我靠近就转过身，游向别处去。

可爱、灵敏的小河虾给“我”的童年生活带来了极大的乐趣。我也想起了自己小时候的玩伴——小鱼儿。那时候，我经常去小溪边钓那些手指大小的小鱼，然后把它们拿回家养在鱼缸里。可是，它们活不到几天就会死去，我就哭着把死去的小鱼埋在泥里……

爱玩是孩子的天性。一条小鱼、一只小虾、一棵小草也可以为我们的童年带来乐趣，它们都可以成为孩子的朋友。让我们善待所有的朋友，大家一起快乐。

信鸽是人类的好朋友，又是和平的使者，平时充当着邮递员的角色，为人们传递信息。

鸽　　子

◆文/黄晓奕

5月20日　星期三　晴

今天的作文课上，老师带来了一只鸽子，要我们仔细观察，并写一篇观察作文。

这是一只非常漂亮可爱的鸽子。它全身披着灰褐色的羽毛，嘴尖尖的，嫩黄嫩黄，上面还有一撮灰褐色的绒毛。眼睛虽然很小，但滴溜溜地转着，显得特别有神。鸽子翅膀上的羽毛有点特别，灰褐色上罩着一层绿莹莹的光泽，在太阳光的照射下，一闪一闪的。这时，鸽子张开了翅膀，扑扇了几下，看上去真像两把五颜六色的扇子，美丽极了。鸽子的脚是红色的，爪子尖尖的，脚踝上还套着一个塑料的东西，听老师介绍说，那是脚圈，是信鸽的标志。

看着这只嘴里发出“咕咕”的声音，昂首挺胸像个威武的将军的鸽子，我心想，我要是也能有这样一只美丽的鸽子，那该多好啊！

拥有追求美的眼睛

赏析／韩文亮

信鸽是人类的好朋友，又是和平的使者，平时充当着邮递员的角色，为人们传递信息。而喜欢小动物的孩子们看到鸽子，当然就会立刻引起观察的兴趣。小作者观察鸽子十分的认真细致，感情细腻，不足三百字的文章却动静结合，把信鸽的形象刻画得淋漓尽致，生动传神。

罗丹大师说，对于生活不是缺少美，而是缺少发现。但我认为孩子单纯清澈的眼睛里从来都没有缺少美。想要拥有一只美丽的鸽子，不是一种贪念，从另一个侧面来说，就是追求美，希望拥有美的事物。拥有这样美好心灵的孩子，都有一双追求美的眼睛，长大后一定能把我们的世界装扮得更加的美丽。

小蝌蚪长大后变成青蛙去捉害虫，孩子们长大后当然也要变成像青蛙一样有用的人，为人民做出贡献。

小　蝌　蚪

◆文/丁　洁

4月6日　星期五　晴

中午吃罢饭，我便仔细观察我捉的小蝌蚪。它们黑不溜秋的，非常惹人喜爱。

小蝌蚪一个个长得圆圆的，黑黑的，头大尾小，整天拖着一厘米左右的小尾巴。让人觉得它永远是那么天真、活泼，那么机灵、逗人。

小蝌蚪一会儿躲进水草里，一会儿又游了出来，好像在得意地夸耀自己："看我多会藏猫儿，你找不着我吧！"有时候，我去池塘边换水，总喜欢对它们说："小宝贝们，我给你们换水来了，别动呀。"它们都像听懂了似的，在我手上一动不动。等我换完了水，把它们放进瓶里，就又恢复了原来的样子，在那里相互追逐、嬉闹。

我发现，小蝌蚪也有"领导"。在这些小不点儿中，总有一只大点儿的蝌蚪在前边引路，后面的"小兵"们一窝蜂似的跟着游着。

小蝌蚪是个骗子精。有一次，一只蝌蚪浮在水面上不动。我用手摇了摇瓶子，可它还不动。我以为它死了，便把它扔在池塘里，谁知它一到池塘里就一溜烟跑了，再也找不着了。

小蝌蚪真惹人爱，我真的离不开它们了。不过等它们长大，我还是要把它们放到稻田里，去捕食害虫。

充满童心的日子

赏析／韩文亮

这是一篇充满童趣的观察小日记，拟人化的手法，把饲养小蝌蚪的有趣生活都描写出来了，让人忍不住也想立刻跳到池塘里捉一只小蝌蚪回来。

抓小蝌蚪回来养，陪它说话，喂它吃东西，把它当做最好的朋友倾诉心事，等待它缩掉尾巴长出四肢变成青蛙，这种情景似乎在每个人的童年里都出现过。那是一段多么单纯而又珍贵的日子啊。那时候的童心就像一张没有用过的纸，单纯、天真，充满了爱心。虽然常常做些淘气而又荒唐的事，却轻易地被所有的人原谅。如果我们能一直保存这种童心该多好啊。小蝌蚪长大后变成青蛙去捉害虫，孩子们长大后当然也要变成像青蛙一样有用的人，为人民做出贡献。

万物皆有灵性。小麻雀的妈妈和爸爸对小麻雀的那种爱与人类父母对自己子女的那种爱并无二样。

小 麻 雀

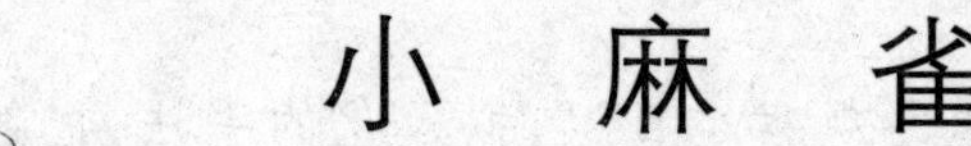

◆文/岳 朗

8月20日 星期一 晴

昨天傍晚，我在院子里玩，看见一群麻雀在草坪上跳来跳去。我走过去，鸟儿一下子全飞了，只有最小的一只没有飞走。它努力地飞呀飞呀，可是力量毕竟有限，飞不高，被我捉住了。

我兴高采烈地回到家里，对妈妈说："妈妈，您看，小麻雀！把它装在瓶子里喂养吧。"妈妈说："傻孩子，装在瓶子里会被闷死的。""那把它装在盒子里，怎么样？"妈妈说："那也不行。黑咕隆咚的，又不是关禁闭。"我突然发现我家的废纸篓，心想：把废纸倒掉，倒扣着，下面垫块木板，不就是一个理想的鸟笼吗？

小麻雀蹲在竹篓子里，不吃也不动，不时把头从竹篓的空隙伸出来，死劲儿往外钻，把一头绒毛弄得乱蓬蓬的。它不愿意被人扣在竹篓里。

今日清早，一只老麻雀在窗口边飞来飞去，唧唧喳喳地呼唤，竹篓里的小麻雀也“啾啾”地回答。

下午，我午睡醒来一看，呀！窗台上有几堆鸟粪。这一定是趁我睡着，小麻雀的妈妈和爸爸来看它们的小宝宝了。它们无能为力，只好拉了些屎，表示抗议。

小麻雀别生气，我一定好好喂养你，等你翅膀长硬了，会飞了，我就放了你。现在，我还想在你身上学到生物知识呢！

父母爱，天地心

赏析／王意琴

万物皆有灵性。小麻雀的妈妈和爸爸对小麻雀的那种爱与人类父母对自己子女的那种爱并无二样——一样会为子女时刻牵肠挂肚，一样的无私，一样的高尚。当发现小麻雀被好奇心强的作者关在竹篓里的时候，老麻雀只能无奈地呼唤自己的孩子，那种心情该是多么的焦急与痛心啊！曾经多少次，每当我们生病或者受伤，父母总比我们还紧张，恨不得病痛的那个是自己，而不是孩子。父母的爱如春风化雨般滋润着孩子幼小的心灵，从父母那揪心的神情里，我们感受到的是无比厚重的关爱。

小作者把麻雀关在竹篓里是没有恶意的，他决心一边好好喂养小麻雀，让它的翅膀早日长硬，一边从它身上学习生物知识，并且还从小麻雀一家的亲情中得到深刻的感悟。作者那可爱、善良、好学的形象跃然纸上，向我们展示了一颗无比天真的充满爱的童心。

它是有血有肉的，因为它是顽皮的小精灵，它是懂得我心事的小可爱！

顽皮的“毛毛”

◆文/刘卫伟

7月3日 星期五 晴

我家楼下的一位阿姨家，有一只小黑狗。它全身乌黑乌黑的，身上长着长长的毛，像只温顺的小绵羊。大家都非常喜欢它，我也一样，它的名字叫“毛毛”。

“毛毛”身上的毛卷着，头上耷拉下来一对大耳朵；一对小眼睛在黑色的毛之中，不仔细看都看不出来，一对眼珠滴溜溜地转；鼻子是湿的，像一块乌黑发亮的小黑布；嘴是月牙儿形的，吃骨头、肉都很方便。它四肢很长，走起路来一点声音都没有，跑起来又轻又快。它的尾巴很长，分成好几缕。每次见到我，它都向上蹿起来，前腿搭在我身上，后腿撑着地，尾巴摇得像拨浪鼓似的，让人见了十分好笑。

“毛毛”非常顽皮。有一次，我拿了“毛毛”最爱吃的骨头来逗它。“毛毛”一看见骨头，顿时来了精神，急忙跑过来吃。我把骨头向上一提，它没有扑到，又返回身来向上一蹿，我又把骨头移开了，连续好几次，都扑空了。它蹲在地上，用眼睛看着我，发出一种乞求的目光，它的嘴里发出“呜呜”的声音，好像说：“你快把骨头给我吧，我都饿了。”看着它那可怜的样子，我就把骨头放在地上，“毛毛”看见了，一下就窜了过来，两只前爪按住骨头，生怕我再把骨头拿走。它大口大口地吃了起来，吃饱之后看了看我，像是在感谢我，然后“毛毛”舔了舔舌头，一蹦一跳心满意足地回家去了。

一天，“毛毛”犯了错误，那位阿姨站在门口批评它，我站在旁边看热闹。“毛毛”一边挨批评，一边把头扭向我们这边，一双大眼睛一眨一眨的，好像让我们替它求求情，看到这，大家都笑了，我也笑了。

还有一次，“毛毛”找到了一大堆骨头，它高兴得直叫，围着骨头蹦来跳去，然后，一根根细细品尝起来。另一只狗从旁边走过来，大模大样地吃起来，“毛毛”一看，冲着那只狗“汪汪”地叫了两声。那只狗立即转过身，摆开了架势。两只狗同时向前一蹿，“毛毛”咬住了那只“入侵者”的左耳，“入侵者”也不是好惹的，咬住了“毛毛”的前腿，双方相持着。忽然，“毛毛”用另一只前爪打在了“入侵者”的头上，那只狗的嘴一下子松了，“毛毛”趁机抽回了那只爪子，还没等“入侵者”反应过来，“毛毛”的两只爪子一下抓住了“入侵者”的后背，嘴也咬住了那只狗的后背。“入侵者”“呜呜”地叫了几声之后，挣脱开“毛毛”的爪子，狼狈地逃跑了。“毛毛”高叫了几声，像一位得胜的将军，又大吃大嚼起来。

“毛毛”很馋，不但爱吃肉和骨头，还特别爱吃鸡肝和牛肉。每次吃东西，先用鼻子嗅嗅，如果爱吃，就狼吞虎咽地吃下去，满意地点点头；如果它不爱吃，就摇摇尾巴，垂头丧气地去找别的东西吃了。它睡觉时蜷成一团，但总是尾巴垫在嘴下，鼻子冲前，这样前面有什么动物来打扰它，它就能知道，起来把它赶走或者逃跑。

“毛毛”可真顽皮，可有时又是那么可爱，当别的狗来进攻时，它又变得那么勇敢，“毛毛”真是我的一位“好伙伴”。

顽皮的小精灵

赏析／于青陌

作者笔下的小狗“毛毛”，真是一只可爱顽皮的小精灵。它见到骨头会扑过去，馋嘴得令你笑了出来；当它犯了错误，又会老老实实地接受批评，令你不知不觉原谅它；当有别的狗来进攻时，它又变成勇敢的战士。

我以前也有一只这么可爱的小狗，它的名字叫“黄黄”，每次我到家了它就会叼来一双拖鞋给我换，当别的狗来到它的地盘，不管对方多强壮，它都会勇敢地还击。后来，“黄黄”被人毒死了，我哭了大半天。现在我有很多的玩具，但我还是很想念“黄黄”，因为它是有血有肉的，因为它是顽皮的小精灵，它是懂得我心事的小可爱！

母爱是无私的,母爱不止存在于人类世界。

燕子喂食真有趣

◆文/韦智鸣

4月8日　星期日　晴

今天早晨,春光明媚,万里无云。我和表姐兴致勃勃地跳橡皮筋。忽然,从教学楼的楼梯旁传来了一阵阵“吱吱”、“吱吱”的声音,我和表姐循声望去,原来在梯旁的顶上,筑了一个燕子巢。也许燕子妈妈出去找食了,留下几只毛茸茸的小燕子在巢里,“吱吱”叫个不停,大概饿了吧。“表姐,我们去看看燕子妈妈怎样喂食吧。”我说。

几只小燕子看到我们走近,惊恐地叫着,仿佛在说:“你们不要伤害我们。”为了不使小燕子受惊,我和表姐就躲在楼梯上,等燕子妈妈回来。不一会儿,小燕子的叫声渐渐弱了,一定是肚子饿极了。“燕子妈妈回来了。”我回头一看,燕子妈妈风尘仆仆地飞回来了。

“吱吱吱、吱吱吱”,三只小燕子顿时又尖声叫嚷起来,伸长了脖子,张大粉红色的嘴巴,好像在说:“妈妈、妈妈,我饿了!我饿了!先给我吃!先给我吃!”燕子妈妈挨着这群活泼可爱的小燕子,好像说:“乖孩子们,别着急,别着急,妈妈给你们喂食了。”

燕子妈妈用两爪抓住了虫子,然后用她那尖尖的嘴巴咬住虫子的皮,抬起头使劲地扯,“嘶——嘶”,她每扯断一条虫子,都要花费一点精力。过了一会儿,一条条在蠕动的虫子都被扯成了两半。燕子妈妈再吐出嘴里的唾沫,一点一点地和虫子一起搅拌。顿时,每条虫子都成了一个小粘团。

随后,燕子妈妈用嘴叼着小粘团,想喂小燕子们吃。谁知小燕子们一点都不守纪律,你推我搡,都拼命地想靠妈妈近点,燕子妈妈有点不知所措了。有个较大的小燕子,用尽全身力气把其他的燕子挤到一边,小燕子们疼得“吱吱”直叫。“近水楼台先得月”,燕子妈妈就把小粘团先给这个“小霸王”吃。小燕子“巴啧”、“巴啧”地津津有味吃起来,还不住地摇头晃脑,仿佛在说:“真好吃!真好吃!”有一只燕子也凑到前面,伸长脖子吃。这时,我看见有一只小燕子,老是傻傻地张开嘴巴等吃,可是,它一个粘团也没能吃到。燕子妈妈用翅膀抚摸着孩子们的头,好像在说:“乖孩子们,好好地呆在窝里,妈妈再去给你们找食吃。”接着便张开翅膀飞走了。

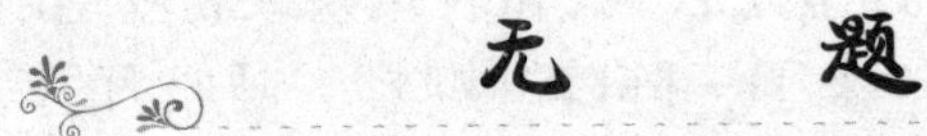

无　题

赏析/叶叶蕾

母爱是无私的,母爱不止存在于人类世界,当小燕子们无忧无虑尽情享受美食的同时,它们是否应该开始学习如何展翅高飞,凭借自己的力量去寻找自己一片天空。我想,人也应如此。我们从在母亲怀抱中咿呀学语到现在的伶牙俐齿,母亲在我们成长中扮演了重要的角色,但我们必须在某个年龄离开父母那温暖的怀抱,宛如拔节的植物一般从稚嫩走向成熟,用我们还不够宽厚的肩膀去承担成长的责任。

那是一种历经风雨后尽显生命本色的美，美得不动声色，却震撼人心。

美丽的凤仙花

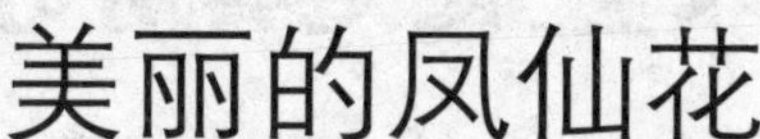

◆文/韩晨光

6月20日　星期六　雨

我家小院中的凤仙花高三十多厘米。它的茎有大拇指粗细，有紫色的，有青色的，几个树杈朝上生长，像比赛似的不分胜负。狭长的绿叶均匀地长在嫩绿的枝上，茂密的叶中点缀着朵朵鲜花，有红的，有白的，还有红白间杂的。只要你用手一捏，凤仙花就会在你手上留下鲜红的纪念。仔细看，在枝条上垂着一行两头尖的绿毛果一样花的骨朵，毛茸茸的挺好玩。花骨朵快开时，像一只翘着尾巴张着小嘴的粉红色的小老鼠，朝天叫着。小蜜蜂在花蕊里不停地采蜜，有时不注意会被雨蒙在花心里。下雨了，雨点打在花朵上，凤仙花冷得直发抖，有的花瓣顶不住冰冷的雨点，便从枝上伤心地掉下来，它的茎也变成了紫色，但是它仍顽强地站立着，显示着自己的美丽。雨停了，凤仙花恢复了原来的样子，一阵风吹过，凤仙花洒下一阵清香，随风飘荡。

人生，总是美丽的

赏析／王意琴

凤仙花的色、形、态无不向世界展示了它外在的可爱和美丽；雨中的凤仙，哀伤而顽强，展示的是内在的刚强美；雨后的凤仙则向我们展示了生命中本质的美。那是一种历经风雨后尽显生命本色的美，美得不动声色，却震撼人心，犹如一个历尽沧桑，渗透无数苦痛的人，闲庭信步，看风轻云淡。

凤仙花雨后随风的清香，从纸面飘荡出来，化入读者的心田，让我们相信：人生，其实也如凤仙花，会遭遇风雨，会受到冷漠打击，但是我们一定要继续美丽着，坚强着，就能最终焕发属于我们的精彩。

有了自信的太阳花能在劲风中坚守阵地；有了自信的太阳花能在土壤加阳光的简单环境下绽放出最动人的色彩。

太阳花

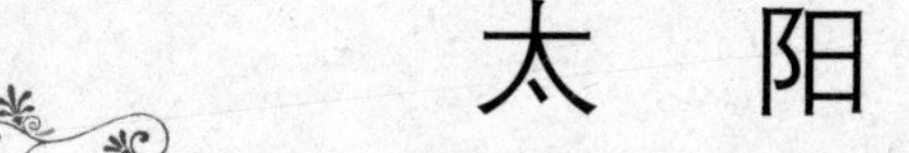

◆文/嵇 怡

4月22日 星期日 晴

奶奶家的院子里长满了五颜六色的太阳花，远远望去好像是铺上了彩色的地毯。

太阳花有单层的，也有双层的。单层的五个花瓣，双层的是九个花瓣。它们有许多种颜色，红的、黄的、粉的、白的……每一种颜色都是那么娇艳。一阵风吹来，花瓣中间星星点点的淡黄色花蕊颤悠颤悠地，好看极了。

太阳花茎部的颜色红里透紫。它的茎就像我们吃的豆芽菜，用手一捏，就会溢出水来，茎上长着很多绿色的小叶。

太阳花一般开在枝头，三三两两地紧挨着。它们怒放时，像一张张俊俏的脸。含苞欲放时，像怕羞的小姑娘。花苞尖好像小姑娘的红嘴唇。

太阳花不需要人们精心培植，只要有土壤和阳光，它就能生存。太阳花越晒越娇艳，越晒越竞相开放，越充满生机，不然怎么叫太阳花呢？我爱奶奶家美丽的太阳花。

自信坚强的太阳花

赏析／潘思慧

阳光下，闪耀着的是一片灿烂的太阳花。

阳光越是火辣，她们越是笑得热烈，开得缤纷。

这是一份令人感动的自信。有了自信的太阳花能在劲风中坚守阵地；有了自信的太阳花能在土壤加阳光的简单环境下绽放出最动人的色彩。谁能想到，没有了自信的太阳花还会在这烈日下继续昂首吗？

这是一股催人奋进的意志。太阳花不愿被强烈的阳光折服，所以她们坚定地站着；太阳花不愿因环境的不佳而向人哀哀地诉苦，所以她们快乐地笑着。太阳花很娇小，却能为院子“铺上彩色地毯”，她们之间“三三两两紧挨着”的团结与合作，同样能给人以对生活的启迪。

从这篇日记，我们能感受到小作者那棵太阳花一般可爱的心灵。小作者用一双能发现美的眼睛，找到了美丽的太阳花；我们也可以从太阳花身上发现与太阳花一样美丽的人的身影！

生活处处是美景，为何不放缓急促的步伐，调整焦虑烦躁的心态，以平和的心情欣赏周围的风景。

冬天的花儿

◆文/徐名娴

2月10日　星期三　晴

早晨一起床，只觉得一阵寒意，接着便“哈啾”、“哈啾”地打喷嚏。“呀！怎么不多穿些衣服，小心着凉啊！”妈妈关切地问。“好啦！好啦，我穿就是了。”说完便抓起毛衣一件一件地套上。

吃完早饭，又想起爸爸说的话：“早晨空气新鲜，出去走走对健康有帮助。”嘿！看看院子里的花吧！念头一闪过，马上以百米冲刺的速度“冲”出去。放眼一看，花花绿绿，真是美不胜收。咦？奇怪，那红红的东西是什么呀？揉揉眼睛，再仔细端详，好像是……是一串红，不对呀！一串红花朵是很小的，况且它又有绒毛，绝不是，我沉思了片刻，对啦！是鸡冠花。它刚刚冒出了娇嫩的、小小的红花，显得好可爱。太好了，花园又添了一个小生命，它可不怕冷呢。转个角度看看，翠绿的龙柏，雄赳赳地立在中央，圣诞红也像淑女似的，穿得好时髦，又望见角落的菊花，摆着迷人的姿势。它们有耐寒的精神我好敬佩，还那般美丽动人呢。在院里的另一个角落，花池里的水仙花洁白的花瓣和嫩黄的花蕊，显得那么高尚、矜持、淡雅。这时我情不自禁地凑上去做一下深呼吸，一股淡淡的幽香扑鼻而来，沁人心脾。水仙花的叶子绿得像翡翠，油光光的，它的根却很平常，有点像洋葱头。

我又回过头去看那些鸡冠花，哇，泥土好干，赶快提桶水来，浇在她们婀娜多姿的身躯上。对那小鸡冠花，我还特别小心地用手指沾水，滴在绒花里。阳光温柔地照射着，鸡冠花留在叶子上的小水珠，闪耀着五彩缤纷的颜色，好美，好可爱……

冬天花儿也娇艳

赏析／彭迎霞

生活处处是美景，为何不放缓急促的步伐，调整焦虑烦躁的心态，以平和的心情欣赏周围的风景。

即使是在寒冷的冬季，我们依然能发现：婀娜多姿的鸡冠花刚崭露花朵儿，幽香洁白的水仙高尚矜持，耐寒顽强的菊花摆着迷人的姿势，淑女般娇滴的耶诞红引人注目，雄赳赳的龙柏让人敬佩……请不要犹豫，凑上去，张开你的双臂，深呼吸，一股淡淡的幽香会冲着你的鼻子扑过来，你会因此而释然，忘记一切烦恼！

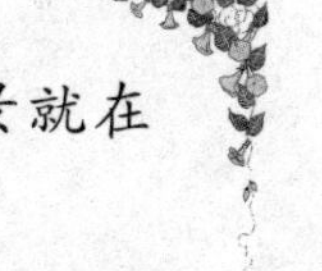

只要我们仔细留意生活，你就会发现，美丽的风景就在你的身边，你就拥有世界上最美丽的风景。

雨后的葡萄

◆文/蒋天一

8月23日　星期一　雨

几年前，爸爸种了棵葡萄，经过精心培育，如今已经长出了茂盛的枝叶，我和爸爸多高兴呀！爸爸又用几根铁管支撑着葡萄藤，组成了个葡萄架。

夏天，葡萄藤上结出一串串青青的、小小的葡萄，最后，葡萄长大了，变得紫莹莹的，可动人啦！我尤其喜爱雨后的葡萄。

今天刚下过一场雨，迷人的葡萄就像洗过澡似的全身光滑油亮。我忍不住摘了一颗青葡萄，放进嘴里，酸酸的，凉凉的。而紫葡萄又酸又甜。葡萄水灵灵的，雨珠滚落在葡萄上，像一颗颗清凉的珍珠，又透又亮。你用手轻轻一碰，雨珠"嘀答"落在手里，啊！好凉好凉，不仅凉在手上，还凉到心里；抹在脸上，散发出葡萄的清香；放在嘴里尝，还有一种凉爽的感觉呢！

被叶子遮着一串串的葡萄，在雨水中舒展着，有的静静地躺在碧绿碧绿的藤上，像一位穿着草绿衣裙、戴着浅绿帽子的少女睡在荷叶上；有的悬挂在空中，好像一大串炮仗正在"劈劈啪啪"地响；还有的被一片又嫩又绿的叶子遮盖着，似乎一位娇嫩的小姑娘害羞地躲在叶子下面。雨珠滚落在另一片叶子上，就这样滚呀滚呀，仿佛几位活泼的小朋友正在快乐地传球。

啊！我爱我家的葡萄，更爱雨后的葡萄。

美丽的风景就在你的身边

赏析／尤　爱

可能你没去过黄山，也没去过桂林，但是美丽的风景是随处都有的。不用到处寻找，美丽的风景就在你的身边。你家花园里的兰花开了一个小花蕾，不知道你注意到没有？花盆里的种子今天早上破土而出了，你看见了吗？对生活留多个心眼，你会发现生活的美遍地都是，像文中作者，在一场夏天里平常不过的雨水后的一棵普通的葡萄树发现了美丽的风景。

葡萄是青青的，也有紫色的；青葡萄是酸酸的，紫葡萄是又酸又甜；雨珠滚落在葡萄上，像一颗珍珠，而且是清凉的……这些你有注意到吗？你家里的东西你有留心注意吗？

平时学习繁忙，很难出去旅游，或者有时间没金钱。但是只要我们仔细留意生活，你就会发现，美丽的风景就在你的身边，你就拥有世界上最美丽的风景。

松树，一个动听的名字，一个不屈的称谓，永远牵动着人们的心……

松　树

◆文/张　漪

4月5日　星期一　晴

今天我仔细观察了植物。如果对植物王国进行一次植物竞选，选最挺拔、最顽强的，那非松树莫属了。

远看松树，它像一座高大的翡翠塔，近看，则像一把还未撑开的雨伞。

松树的干圆且直，松树的叶子与别的树叶不同，它的叶子和钢针的形状差不多，所以叫针叶。如果你不小心碰到它的叶尖，你一定会感到一阵疼痛，也许这就是它护身的武器吧。

春天，暖风吹着松树的叶子，碧绿碧绿的，显得轻松明快，给人一种生机盎然的感觉。随着微风吹拂，那针叶上下左右摇摆着，就像一个老人在向孩子们招手。夏天，万物长得繁茂，松树的叶子郁郁葱葱。秋天，阵阵秋风吹来，多少树木的树叶往下掉了，而松叶却安然无恙地迎着秋风微笑着。冬天，雪花飞舞，一片片，一朵朵，落在松树上，那绿得浓郁的松叶傲然地托着瑞雪，似一座白银铸成的宝塔。

松树的挺拔，令人想到不屈不挠的战士；松树的顽强，让人想到刚正不阿的品格。我想人们爱松树，就是爱它这种精神吧。

松树的精神

赏析／王路燕

冬天的严寒，可以让柔弱的暂时低头，却永远征服不了顽强的生命。松树，一个让人充满无限敬意的名字，以它那不屈不挠的精神，挺立在严寒中，举起一树深深的墨绿……

它，挺立在山峦最高处，与白云絮语，与天风唱和，在苍茫的天地之间，树立出一种生命的风范来。

因为它的不平凡，人们投来了赞赏、钦佩的目光；因为它的不屈不挠，赞美诗一首接着一首……

看着寒风中，大雪里的那一抹浓绿，相信谁都抑制不住内心的感动，为它的傲然雄姿，也为它那刚正不阿的品格，更为它不屈不挠的精神。

松树，一个动听的名字，一个不屈的称谓，永远牵动着人们的心……

没有磨炼，就没有美丽和精彩。走过寒冷的冬，迎来的必然是人生的春天！

春风裁出二月柳

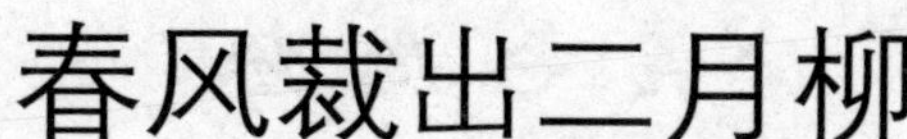

◆文/高　隽

3月22日　星期日　晴

今天是星期天，我和李想一起到野外观察柳树。在一片长有许多柳树的地方，我们停了下来。一棵棵柳树披青裹绿，细长的叶子和柔软的枝条在微风中不停地摆动着，像是一位披着长发的少女。柳条摸起来很光滑，好像是谁专门给它抹了油似的。柳树那细嫩的叶子，又细又长，是谁的巧手把它裁剪出来的呢？

“这柳树真美啊！”李想的赞叹打断了我的沉思。

一阵风拂过，柳树的柳条随风摇晃着，好似向人们展示着自己苗条的身体，又像是一位穿着绿衣的仙女在翩翩起舞，给人一种美的感觉。

“碧玉妆成一树高，万条垂下绿丝绦。不知细叶谁裁出？二月春风似剪刀。”李想忽然朗诵起唐朝诗人贺知章的名诗《咏柳》来了，这时我才想起，是春风，是这二月的春风把柳叶剪出又细又美的身段来的。

美与磨炼

赏析／王意琴

春柳的美，春天的美，生命的美。

身段细美的柳叶，舞动的枝条，袅娜的柳树，为温暖的春日增添了一道生机盎然的景色。柳树的美从何而来？经历了漫长的严冬，还要经受春风严酷的剪裁，才终成这吸引千万世人的美丽。

柳树美丽，生命不也如此美丽？这美又从何来？漫长的经历磨去无知的边角，泪水把心灵清洗得更加洒脱，生命由此越变越精彩。

没有磨炼，就没有美丽和精彩。走过寒冷的冬，迎来的必然是人生的春天！

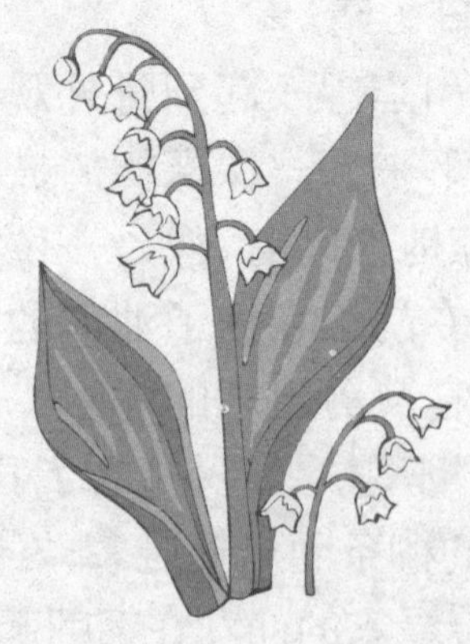

学海拾贝

留给自己一个梦

小熊正在把书瞧
突然听到吱吱声
小熊立即跑去找
看到小猴正在吵
嘘,嘘,嘘
图书室里要安静
吵吵闹闹不文明
请你快来坐坐好
捧出图书细细读

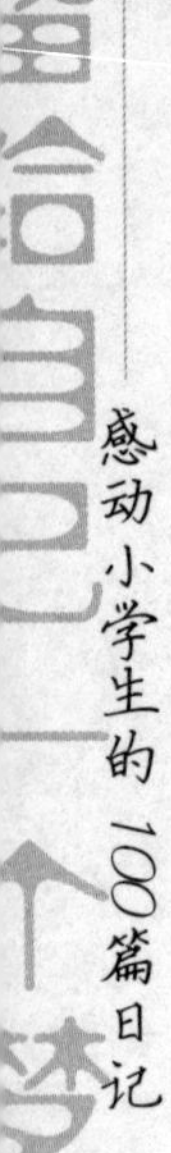

学习，是进步的阶梯、成功的基石，只有勤学、好学，不弄虚作假，才能取得成功。

读《孔子好学不倦》有感

◆文/章早立

11月30日　星期六　雨

今天，我读完了《中华美德故事》这本书，觉得其中《孔子好学不倦》的故事，对我启发教育特别深。

这个故事介绍了孔子的好学精神。孔子六十岁了，还要拜师学琴。他学琴与别人不同，别人总是迫不及待地要求学新曲子，往往一首曲子只学两三天。可是孔子学一首曲子埋头一练就是十天，明明已经弹熟了还是不肯换新曲。这又是为什么呢？原来孔子不但要把曲子练熟，而且还要通过曲子的旋律来揣摩出曲子的精髓和主人公的人品、个性、精神甚至外貌。孔子的好学精神，深深地感动了他的老师。

想想自己，感到非常惭愧。有一次，我碰到了一道难题怎么也想不出该怎么做。这时，突然想起一本参考书上有这题的答案，就不懂装懂地把答案抄下来，并且交给了老师。第二天，作业发下来我得了优秀，老师还表扬我，夸我聪明。可是，现在翻开本子一看，好像优秀上多了一个小黑点，这个小黑点仿佛在问我："你懂了吗？"我越想越觉得难受。今天读了孔子的故事，让我又想起了这件事，提醒我，作为一个大队委员，在班里要起好带头作用，对待学习不能不懂装懂，碰到困难要虚心向老师请教。

读了这个故事使我明白了一个道理：学习，是进步的阶梯、成功的基石，只有勤学、好学，不弄虚作假，才能取得成功。我们现在正是读书的大好时光，就更应该努力学习，长大后为祖国做出新贡献。

学习需要虚心和坚持

赏析／邓娜莹

学习是伴随一个人一生的事情，对于一个真正懂得学习的人，无论何时何地，他（她）都能从某件事中获得一些知识，就是这些知识的累加，才使自己的知识储备量越来越大。章早立同学从读书中，明白了学习的道理，懂得了学习应有的态度，也进行了自我的思考和反省，他这样子的读书，可谓是收获丰富了。这些就是他从一种学习中懂得的关于学习的道理，相信他以后会把这些道理运用到实际生活中的！正如早立同学所说的，学习是一个需要坚持不懈而且是一个不得“掺假”的过程，孔子也曾说“学而不厌”，“知之为知之，不知为不知，是知也”，而这些道理也是众所周知的。其实认真对待学习，也是对自己负责的表现。所以既然我们不可以儿戏人生，那也不要儿戏学习吧！

在困难面前，无须畏惧，更无须恐慌，抬起头，咬紧牙关，坚持到底，让困难屈服于你面前，让困难倒在你脚下。

只有坚持，才能成功

◆文/龚 雯

3月1日 星期日 晴

星期六的上午，我阅读了《小学生日记大全》这本书。当看了徐霞客是怎样坚持写日记的故事后，我深受感动。

徐霞客是我国古代杰出的地理学家，明代江阴人。他经常在外游历考察。徐霞客出游，是徒步跋涉。而他所去的地方，又是一般人的足迹所不曾到过的，带有一种探险的意味。其间登危崖，冒狂风暴雨，行丛林绝径，有时真是“出生入死”了。但是无论在何种情况下，徐霞客在一天行程终了，总要把当天所经历过的事记录下来。有时一天走一百多里，人困腿酸，只想躺倒睡觉，可他仍然振作精神，坚持写日记。灯油耗尽了，四周一片漆黑，他就点燃灯草坚持将日记写完。他在旅途中以日记体裁所写的记录，经过后人的整理，刊印成书，就是现在我们看到的著名的《徐霞客游记》，这是一部被称为“奇人奇书”的名著。

我看了这个故事后，心想：徐霞客不管遇到什么困难，都能坚持写好日记，真不容易啊！我要向徐霞客学习，不论做什么事，都应该坚持到底，这样才会成功。

让困难倒在你脚下

赏析／李海红

人的一生，曲折不定。一路走来，我们会遇到很多难以克服而又不得不克服的困难。俗话说：“困难像弹簧，你强它就弱，你弱它就强！”在困难面前，我们更多的是需要克服困难的勇气和信心，同时，不管遇到什么困难，我们都要坚持。你的坚持到底会使困难向你低头，你的坚持会领你走向成功。

《徐霞客游记》中的作者徐霞客之所以能成为“奇人”，是因为他始终坚持不向困难低头，始终坚持克服困难，是他的坚持引领他走向成功的。

现实中的我们，在困难面前，无须畏惧，更无须恐慌，抬起头，咬紧牙关，坚持到底，让困难屈服于你面前，让困难倒在你脚下。

坚持吧！只有坚持，才能成功！

虽然我们是小孩子，但我们也要慢慢学会讲道理，要学会控制自己的脾气。

我不再任性了

◆文/佚　名

3月20日　星期二　雨

在今天的思想品德课上，我们学习了《不任性》这篇课文，它使我懂得了任性的害处。任性不利于个人进步，会影响同学之间的团结，还会打扰别人，给别人添麻烦。原来我就是很任性的。

我很喜欢吃瘦肉。有一次，我们家吃大米饭。我想：今天吃大米饭，妈妈做菜一定会有肉的，我越想心里越美。可是，当妈妈端出来的是炒白菜和炒土豆时，我的任性毛病上来了，我开始大哭大叫起来。妈妈说："白菜和土豆有营养，不吃身体就长不好。"我却大喊："白菜、土豆没有营养！没有营养！"妈妈听了不理我。我躺在床上，心里想：今天就是不吃饭。

躺了一会儿，肚子饿得咕咕直叫。我就跑到厨房端起饭，大口大口地吃起来,不一会儿就吃饱了。妈妈走进来说:“这不是吃得挺好的吗?你这任性的毛病再不改,就会影响你的学习和身体。”我听了心里很惭愧,就笑着对妈妈说:“以后您做什么,我就吃什么,我不再任性了。”

我们要改掉任性的习惯

赏析 / 于青陌

很多孩子都有任性的坏习惯。小时候,我也常常犯任性的小错误,如果因为做错了事情,我的父母要教训我,我就会不吃饭,不和他们吃饭,看着他们焦急的样子,我会更加任性,更加固执,但后来,当我任性的时候,父母亲不再理我了,不再劝我吃饭,也不再教训我,这时,我就会很慌,我也害怕他们真的不再理我了。于是我会乖乖地吃饭,会乖乖地认错。

虽然我们是小孩子,但我们也要慢慢学会讲道理,要学会控制自己的脾气,不然真的有一天父母亲真的因为失望不理会我们,那我们就后悔也来不及了。

人的生命只有一次，与其选择做一个软弱的人，不如选择坚强，学习坚强，让自己也成为坚强的榜样吧。

从书中得到的感受

◆文/吴　川

5月29日　星期二　晴

今天，我捧着刚刚读完的《钢铁是怎样炼成的》一书，掩卷深思，回味无穷。

读过这本书的人都从中得到教益，知道保尔·柯察金的人，都会被他那钢铁般的意志所激励。

从这本书中我们知道，保尔·柯察金从小就热爱科学，敢于反对宗教势力、维护正义、喜爱读书。参加红军后，在战场上更是英勇杀敌、机智勇敢。有一次，在敌人炮火猛烈轰击红军阵地的时候，他为掩护战友的生命，临危不惧，被敌人的炮弹炸瞎了一只眼睛。但保尔没有被痛苦所吓倒，不仅仍然参加战斗，还在部队宣传英雄人物的事迹，得到了战友们的爱戴。战争结束后，保尔的另一只眼睛发炎了，看不见东西。手术时，死神曾几次召唤过他，但保尔的生命力是那样的顽强，他没有倒下去，坚持与病魔做斗争。后来，他在同志们的帮助下，用收音机收听世界六十个电台的广播。他用耳朵代替眼睛，使他在黑暗中得到欢乐，汲取了精神食粮，成了生活中的强者。后来，保尔又开始新的奋进，孜孜不倦地进行写作，写了一本关于科托夫斯基的英雄骑兵师的小说《暴风雨所诞生的》。这本小说在列宁格勒出版，受到了人们的赞赏。

保尔真不愧为无产阶级英雄。他把整个生命和精力献给了人民，献给了革命事业。他顽强的毅力、崇高的思想境界正是我们这一代所应具备的。

让我们再读一遍《钢铁是怎样炼成的》这本书吧！它给我们的远不止这些，它将会给我们更多的热量、更远大的理想！

品味坚强

赏析／王意琴

苦难摧毁了软弱的人，却成就了坚强的人，使其成为英雄。也许平凡的我们永远无法拥有英雄那种钢铁般的意志，但是，生活绝对不是一帆风顺的，我们总要面对或大或小的挫折。这些挫折让你意外，让你失望，但只要坚强，你就能够一直坚持自己的追求。面对学习，考试会有失败，因生病落下的功课难以跟上，作业会有绞尽脑汁也解决不了的困难；生活中，人们（包括父母）也许常常不能够理解你，家庭环境不是你要的那么优越，兄弟姐妹也老是和你争吵，这一切都让你小小的心灵受到打击、困扰，你会懊恼吗？在那些惧怕困难、逃避困难的人群中，有你吗？

人的生命只有一次，与其选择做一个软弱的人，不如选择坚强，学习坚强，让自己也成为坚强的榜样吧。

坚持，再坚持，再坚持，成功或许就在转角，不经意间，出现在你面前。

读《爱迪生》有感

◆文/武 静

5月7日 星期一

今天晚上，我在明亮的台灯下一口气读完了《爱迪生》这本书，心情久久不能平静。虽然我没有见过爱迪生，但是我的眼前却清晰地浮现出他的形象：一个本来身强力壮的人，因劳累过度，两眼布满血丝，显得疲惫不堪。我仿佛看到了爱迪生为了研制灯丝，不知疲倦地试验了一千六百多种材料。他夜以继日地工作，饿了吃点饼干，困了就在椅子上睡一会儿，又继续工作。正是因为有了这种坚持不懈、百折不挠的精神，爱迪生才终于找到了合适的灯丝，成功地发明了电灯，把光明带给了人们。同学们，每当夜幕降临，大地一片漆黑，你在明亮耀眼的电灯下学习或娱乐时，可曾想到这看起来很普通的电灯，却是发明家爱迪生用多少辛勤汗水换来的呀！

爱迪生一生除了发明电灯之外，比较著名的发明还有“二重”和“四重”电报机、电影、电池、打字机、电车、水泥、胶皮等。他从十六岁的第一项发明——自动定时发报机算起，平均每十二天半就有一项新发明，难怪人们称他为“世界发明大王”！

爱迪生发明了这么多东西，是非常聪明，有着超人的本领吗？

不，正像他自己所说：“天才，不过是百分之一的灵感加百分之九十九的汗水！”他研制蓄电池花了九年时间，试验了九千多种材料，失败不下五万次，最后连他的助手都不能坚持了。但是他坚忍不拔，毫不动摇，终于获得了成功。他的每次发明都是通过艰苦劳动赢得的，都是他心血和汗水的结晶。

夜渐渐深了，妈妈催我睡觉，可我毫无倦意，浮想联翩……

我上一年级时，妈妈给我买了本《少年科学画报》，里面有关于爱迪生的连环画。从那时起，“爱迪生”这名字就铭刻在我心里，促使我常常琢磨做一些小玩意儿。上二年级时，我和洪海鹰在家长的帮助下做了一个电视机模型，想不到居然得到了学校的奖励。今年暑假，我又装了一个小电扇，当它真能呜呜地吹出一点风时，我高兴得跳了起来。而有了一点成绩就沾沾自喜，不求进取，学习不踏实，有时又怕艰苦，一遇到困难就想后退，缺乏爱迪生那种勤奋刻苦、不折不挠的精神，却是我在科技制作上老是原地踏步的原因。

夜已经很深了，妈妈又一次催我睡觉。我久久不能入睡，爱迪生“在天才与勤奋之间，我选择勤奋”的话，不断在我耳边回响。

选择执著

赏析／陈金兰

成功，到底离我们有多远？爱迪生那百折不挠的执著，勇于面对失败的勇气，引领他从平凡走向辉煌。历史给了我们答案，成功需要的是一份执著、一份坚守、一份勇气。并非人人都会成功，因为不是每个人都能坚持到底。这让我想到了荷兰的一位青年人，他在工作之余选择磨镜片作为兴趣爱好，他总是那么认真、那么细致，磨呀磨，一磨便是三十年，他磨出的镜片比专业技术人员的都要好，在镜片下，他发现了当时尚未被世界所知的另一个世界——微生物世界，他因此当上了院士，连女王都曾去拜访他，他就是发明显微镜的荷兰科学家——万·虎克。坚持，再坚持，再坚持，成功或许就在转角，不经意间，出现在你面前。

虽然我们是小孩子，但我们也要慢慢学会讲道理，要学会控制自己的脾气，不然有一天父母亲真的因为失望不理会我们，那我们就后悔也来不及了。

感动系列

放飞想像的翅膀

留给自己一个梦

我轻轻地为自己歌唱
挥动着想像的翅膀
挫折和磨难化成了痛苦
痛苦一次次地让我变得更加坚强

漫漫的黑夜
有时也让我叹息迷惘
美丽的渴望又激励着我
振翅那梦想的天堂

小树叶们的生命虽然短暂，却非常地有意义、有价值，它们为土地奉献了祝福。

可怜的小树叶

◆文/蒋紫媚

7月20日　星期六　多云

吃过晚饭，我和姐姐去散步。我们来到小树林，只听见小树叶正“沙沙”地落下来。姐姐说：“你听，小树叶落到地上还哭着呢！”我一听，一点儿不假，小树叶真的在哭哩！

听姐姐说过，秋天一到，凶恶的风伯伯就不准树妈妈给树叶儿饭吃。我抬头望着小树，看见树上的小树叶一个个饿得面黄肌瘦，有的还饿弯了身子，准是好几天没吃饭了。它们都拼命地抱着树妈妈。可是，风伯伯一到，硬是拉开了小树叶的小手。可怜的小树叶哭着、喊着，被风伯伯从树上赶下来。树妈妈伤心地摇着手，呼喊着孩子。

躺在地上的小树叶还在哭着,它们围着妈妈不愿走开。风伯伯又来了,小树叶你拉着我,我拉着你,围着妈妈在转圈儿。它们转呀,转呀,有的转昏了,被风伯伯拉到远处,有的终于抱住了树妈妈的脚,死死地抱着不愿走开。

风伯伯还在追赶着小树叶……

小树叶还在哭着……

“风伯伯是个大坏蛋!”我气愤地骂了一声,拉着姐姐走出了小树林。

让心灵挥起想像的翅膀

赏析/王意琴

上帝给每个孩子的心都安上了一双想像的翅膀,只要你愿意,就可以随时张开那双翅膀在想像的国度里尽情飞翔。小作者一定是一个爱恨分明又充满爱心的孩子,在她那颗对美好充满向往的心灵里,认为“风伯伯是个大坏蛋”,而深深同情着被凶恶的风伯伯带走的小树叶们,觉得它们都不得不被迫离开自己的妈妈,多么可怜啊!

不过,秋天来了,小树叶们即使没有风的吹动,也一样会离开大树的哦。树叶落到地上,抱住树妈妈的脚死死不愿离开的叶子,会化成肥料,为大树的生命提供生命的养料,而被风吹到远处的叶子,也一样最终化成泥土里有用的部分,为其他植物提供生长的肥料呢。

小树叶们的生命虽然短暂,却非常的有意义、有价值,它们为土地奉献了祝福,让我们也来学习一下小树叶的奉献精神吧!

生命中失去了信任，就像湖泊失去了涟漪，就像夜空失去了星星。美好的人生，需要信任。

小狗认错

◆文/邓玉杰

2005 年 4 月 14 日 星期四 晴

小猫和小狗是一对好朋友。

春天到来的时候，小猫和小狗在院子的一角，合伙种了一棵丝瓜。

小猫和小狗经常给丝瓜浇水、施肥。丝瓜长得很快，没有多久，丝瓜便开出了黄色的小花，花很香，引得蜂蝶成群结队而来。

有一天，小狗的爸爸要带上小狗出远门。临走前，小狗去数了数丝瓜花，花一共八朵。

“这八朵花，你可要看好呀，将来指着它们结丝瓜吃哩！”小狗对小猫说。

小猫点点头：“我会看好咱们的丝瓜的。”小狗去后，小猫很用心，天天去看护丝瓜。

过了几天，丝瓜花落了，丝瓜结出来了，粉嘟嘟的，让人喜欢得不得了。

小狗回来，听说结丝瓜了，也挺高兴。它顾不上洗脸，顾不上吃饭，就来看小丝瓜。

“不对呀！明明是八朵花，咋才结了六个?！”小狗一连数了好几遍，“那两个丝瓜一定是让小猫给偷吃了！”

“哼，趁我不在家，独个儿偷吃丝瓜。算是什么朋友呀！”小狗两眼狠狠地盯着小猫。

“我没偷吃丝瓜！我没偷吃丝瓜！”小猫委屈得直想掉眼泪。

“没偷吃,那两个丝瓜呢？”小狗愤愤地说。

“是啊,那两个丝瓜呢？”小猫确实不知道那两个丝瓜哪儿去了。

“糊涂虫,那两朵是‘雄花’,本来就不会结瓜的！”

小狗和小猫回过身,原来是小松鼠来了。

“是真的？”小狗和小猫几乎异口同声。

“是真的。我刚刚从我爷爷那儿听说的。”小松鼠说。

这下轮到小狗不好意思了，它羞愧地去拉小猫的手:“都怪我不好,冤枉你了！”

“知道了就好。”小猫说,“朋友是要相互信任的。”小狗和小猫和好了,它们的关系比以前更亲近了。

不要怀疑你的朋友

赏析／庞陈娟

如果我们习惯了在自己的世界里忙忙碌碌，用怀疑的眼光看待着我们身边的人和事,我们会变得疲惫不堪,会变得越来越孤单。我们渴望理解,渴望信任,渴望尊重,渴望朋友之间的真诚与关怀。一个倔强的小男孩,面对暴怒的父亲、无情的棍棒,紧咬牙关死都不承认自己偷了钱。疼痛无法使他屈服,误解没能使他落泪。然而姐姐一句话却能让他泪流满面,那句话就是:“弟,姐姐相信你！”

这就是信任的力量。

生命中失去了信任，就像湖泊失去了涟漪，就像夜空失去了星星。美好的人生,需要信任。

保护大自然的好朋友，也是在保护我们自己。

娃娃鱼的自述

◆文/林　丛

12月29日　星期日　雨

我叫娃娃鱼，俗名叫四脚鱼。多年来，我一直住在镇边的一条小溪里。我是娃娃鱼家族中的长辈，已经有了许多子孙，他们都十分孝敬我。多年来，我们家族一直过着幸福、安定的生活。

随着这几年的改革开放，我身价倍增，成了宴席上的佳肴。

尽管国家把我列为二级保护动物，但是那些见钱眼开的人还是千方百计捕捉我们。

一次，我们一群水族朋友正在清澈见底的小溪里嬉戏，只听"轰"的一声，同胞中许多当场被炸晕，成了人们的口中餐，我幸免于难。

自从那次遭炸后，我们总结经验，很少出来，躲在石头缝里。可是那些人又想出更致命的办法置我们于死地。他们用"鱼藤精"来毒我们，使我们防不胜防。我就是前几天误吃了有"鱼藤精"的食物而晕了过去，幸亏遇到了好心的小女孩，把我救起来，至今还生活在她家的大鱼缸里。

我曾想让小女孩把我放回小溪，可转念一想，在小溪里生活虽然自由快活，但又有谁知道几日后不会成为人类的美味佳肴？还不如躺在鱼缸里安全。

我居住在鱼缸里，但又不时想着我的伙伴们。如今已很难找到我们娃娃鱼了，我们将近绝种了。

因此，我大声呼吁——人类不要人为地让我们在地球上过早地消失！

人，要管好自己的嘴

赏析／陈艳芳

听了娃娃鱼的自述，我感到很伤心，也为我们人类如此对待娃娃鱼而惭愧。

以前，娃娃鱼家族在清澈的小溪里过着幸福、安定的生活，很少有人去打扰它们。可是，这些年来，很多人的生活水平提高了，比以前有钱了，嘴也馋了起来。他们喜欢吃珍禽异兽和山珍海味，娃娃鱼也难逃大劫。另外，有些人见钱眼开，他们非法捕捉娃娃鱼，千方百计地用火药、用“鱼藤精”等手段残害它们。现在，娃娃鱼宁愿在鱼缸里失去自由也不愿意回到小溪里过提心吊胆的生活了。

同样是大自然的一部分，人类有什么权利把其他生灵赶尽杀绝？管好我们的嘴，不要乱吃东西了，特别是像娃娃鱼一样可爱的珍稀动物。其实保护大自然的好朋友，也是在保护我们自己。

希望娃娃鱼可以回到小溪里自由自在地生活。

这是一个多么美妙的梦！这是一只多么神奇的书包！

我梦见一只“小”书包

◆文/刘　梅

9月14日　星期三　晴

梦，是五彩缤纷、五光十色的，像无数可爱的小泡泡，对于我这个小学生来说，我的梦就是希望有一只像羽毛般轻盈的书包。

每天背着沉重的书包去上学，这书包就像一座大山，压得我喘不过气来。今天放学回来，我感到疲倦，趴在桌上，迷迷糊糊地睡着了。

我看见一只闪闪发亮的书包从天上慢悠悠地飘下来，还对我眨眼睛。我去抓，没抓到。它变小了，我再去找，它已在我的书桌上，我得到了一只有魔力的书包。它能缩小能放大。只要告诉它明天是星期几，它就会把明天需要的书本装在自己的身体里，然后再戴上帽子，扣上扣子。在上学的路上，我只要对它说：“小。”它就会立刻变成羽毛飞到我的口袋或手中。这个书包太神奇了，我“咯咯”地笑了起来。啊！原来是个梦，我伸了个懒腰，打了个哈欠。

梦,醒了,但愿我的美梦能成真!

重书包、轻书包

赏析/陈　芳

这是一个多么美妙的梦!这是一只多么神奇的书包!“我”梦中的书包像羽毛般轻盈,能自动收获书本,能缩小也能放大……谁不想要这样神奇的书包?

我们小学生平时背的书包太沉了,压得大家腰酸背痛,还可能会影响身体发育。假如书包像羽毛般轻盈,那我们就舒服极了。另外,收拾书包也是一件挺麻烦的事情,一不小心就可能会忘记这忘记那,假如书包可以自动把第二天需要的书本装进自己的身体,那我们就省事了。可是,真的能有这样的书包吗?我想自动收拾书本、会自动走路去学校的机器人书包还有可能出现吧。

回到现实,我们的书包实在太重了点。希望“减负”能减轻书包的重量,让我们健康成长,而收拾书本虽然麻烦,但这是我们应该做的,收拾好自己的东西也是一种好的习惯。

每个孩子都有自己心中的梦和对未来的憧憬，我们可以越过现实生活的束缚，跳出大人的思维方式来一心一意编织自己的梦。

我来到二十二世纪的地球上

◆文/鲁　意

11月22日　星期二　晴

一世纪前，为了能使人类在火星上定居，我随着几位博士和一些工作人员来到火星，进行开发工作。远离地球的我，每天都思念着地球，思念着地球上的一草一木，每一个人、每一件事。

终于，今天我请了假，兴奋地乘着原子飞船踏上了归途。一眨眼的工夫，飞船落在了中国的电脑航空公司的楼顶上。我新奇地观察着四周，吃惊地发现这座楼有五千多层，我像站在高高的山上，上上下下，都要靠原子电梯。我快步登上了电梯，"嗖——"的一声，我来到了楼下大厅。接待我的是一位小姐。她笑容可掬，说着一口流利的世界语。我细听她的介绍，目不转睛地盯着她，奇怪地发现她的动作跟普通人有点儿不同。我再仔细一看，原来她是一个机器人。她被制造得特别精巧，皮肤和普通人一样，连嘴角的纹路也清晰可见，一点儿也看不出来。

我出了公司的大门，来到了大街上。不料刚刚一脚踩下去就跌倒了。起身后，我低头一看，原来街道是自动的，只要你按一下街旁边的灯，再说出你要去的地点，自动路就会把你送到那里去。我站在街道上，随自动路的缓缓移动，我一路观望：天是蓝蓝的，地是绿绿的，鸟语花香，人们的脸上洋溢着幸福的笑容……

我乘着原子飞船依依不舍地离去了，重新返回了火星。一路上，我感慨万分，现在的地球变化真大呀！一世纪后，我还要再来看看，那时候，一定会有更大的变化！

想像是令人快乐的力量

赏析／黄凰凰

“我”是带着对地球的缕缕思念回到二十二世纪的地球的，在这高科技化的二十二世纪地球上，“我”看到了五千层的高楼，受到了精巧机器人的热情招待，享受到了自动化道路上的美好时光，最后“我”是带着依恋之情离开地球的。

每个孩子都有自己心中的梦和对未来的憧憬，我们可以越过现实生活的束缚，跳出大人的思维方式来一心一意编织自己的梦；可以摆脱尘世的不良环境的影响，欢天喜地地自在生活。我们很喜欢想像，我们可以在自己想像的世界中生活，想得少一点，想得美好一点，生活就会愉快一点了。

一觉醒来，十年已经过去。他这一觉真的好长啊！在这十年的时间里，我们的祖国已经发生了很大的变化。

一觉醒来

◆文/王大鹏

7月4日　星期一　晴

啊，这觉好长啊！

咦，外面的楼房怎么那么高，足有几百层。并且一座座都是倒宝塔形的，上大下小。记得睡觉前，并不是这样的，没想到，一觉之间竟有如此变化，不可思议，不可思议！

哎，一个人在家真闷，不如去找好朋友小林玩玩。想到这里，我便去开外屋门，可是怎么也开不开，一定是外面上锁了。我透过玻璃窗向外望去，看见门上并没有锁头。真奇怪，没上锁怎么开不开？一定有什么奥秘，可这奥秘在哪呢？门上什么异状也没有啊！

真倒霉。没办法，我只好回到里屋，随手拿起台历，顿时惊呆了，这竟是二〇一〇年的台历。如此说来，我整整睡了十年，我完全愣住了。

不知什么时候，妈妈回来了。她一见我便高兴地说："你可醒过来了。十年前，我下班回来，看见你一个劲地睡觉，整整两天，可把我吓坏了。第三天，你爸回来了，我这才知道，你吃了他研制的特效安眠药，要睡十年。我估计着，今天你该醒了，就提前回来了。"

噢，原来如此。十年前，因为头痛原打算吃片去痛片，竟误吃了特效安眠药，我不好意思地笑了。

笑过以后，我问妈妈门未上锁，为什么开不开。妈妈笑着回答我：

“那门上看起来没锁，其实有锁，是新研制出来的‘声音锁’。它把你的声音录下来，存放在锁里‘声音存放库’。录过音的人只要喊‘开门’，门就会打开。锁内的声音存放库里没你的声音，无论用什么办法，也是打不开门的。”

“可那锁在哪啊？”“就在门上那块玻璃里。‘声音锁’一切零件都是透明的。”

“呵，真厉害，妈，快把我的声音放在锁里吧。”

“好！”妈妈从抽屉里拿出录音机、照相机。先把我的声音录进录音带，再把录音带放入照相机，一按快门，一道光直射“声音锁”。“好了。”妈妈说。“好了？”我惊异地问，“照相机能把我的声音传入锁里？”

“傻孩子。”妈妈解释道，“那不是照相机，而是‘紫外线传声机’，那录音带叫‘紫外线录音带’。通过它们，把你的声音变成紫外线送出去，‘声音锁’装有‘紫外线接声器’，把你的声音收过去，存放在声音库里。不信，你试试看。”

“好，开门！”门真的开了。我高兴极了。

高兴之余，我又问妈妈，外面的楼房怎么都上大下小。妈妈说，那是为了不多占地面。

接着，妈妈又给我讲了许多新鲜事：白菜籽放在地里，只需几分钟，便可长成大白菜；终年积雪的山峰，只要几粒“化雪丸”，雪便可以化掉，而且速度相当快；捕猎物不用捕网、麻醉枪等捕猎工具，只需一支“分子振动枪”便可以了……

呵，真想不到短短的十年，我们的祖国就有如此大的变化。

科技使我们的生活更美好

赏析／彦　芳

一觉醒来，十年已经过去。他这一觉真的好长啊！在这十年的时间里，我们的祖国已经发生了很大的变化。

看小作者家里的那扇门，门锁是一把“声音锁”，如果声音库里有你的声音，那你只要说一声“开门”，门就会自动的开了。更神奇的是，“声音锁”里的一切声音都是透明的，声音可以变成紫外线。假如真有这样的门就好了。我们可以不用带钥匙，免得钥匙不见了之后提心吊胆，而且可以防止陌生人进屋。因为他们的声音没有保存在声音库里。

此外，外面的世界也变得非常神奇。“化雪丸”可以把山峰的积雪融化，“分子振动枪”可以捕捉猎物……

其实，这一切都是小作者想像出来的。十年的时间恐怕不能美梦成真。但是，科技是不断向前发展的。我相信它可以使人类的生活更加美好。

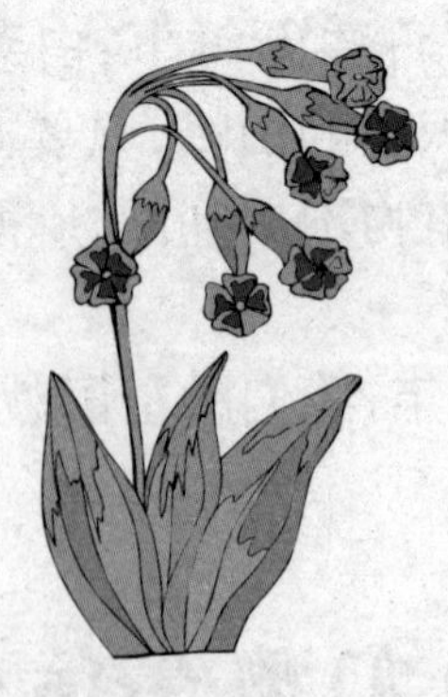

理想是我们前进的动力,每个孩子都应该树立一个属于自己的理想。

我想当一名宇航员

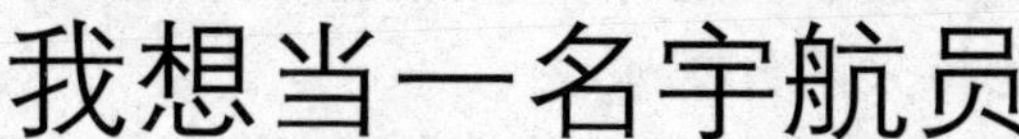

◆文/潘天池

6月30日　星期五　晴

每个人都有自己的理想。我的理想是当一名宇航员,去探索金星的奥秘,造福人类。

今天中午,我正看书。看着看着,我迷迷糊糊地睡着了……

我发现我来到了二十一世纪末。这时,我已经是国际宇航协会的成员了。今天,我将和我的合作者杰克·布莱尔乘坐“金龙”号飞行器去金星探矿。现在是北京时间凌晨五点五十五分,再过五分钟,飞船就要起飞了。可杰克为什么还没来呢?只差两分钟了。这时,飞行器的舱门被打开了,走进来一位外国少年。我高兴地喊一声:“杰克,你好!”杰克说:“很抱歉,我来晚了。但我带来了一套工具,它叫‘氧气循环器’。它能将人吐出来的二氧化碳还原成氧气。”说着,他拿出两个背包似的器具给我看。我接过来,看了看,不由得赞叹道:“真是太棒了。”

六点整,火箭发射了。它像一颗流星,直刺蓝天。按照预定的程序,飞行器顺利地与火箭分离了。

杰克看了看飞行器上星罗棋布的各种仪表,对我说:“这真是别具特色的飞行器!”“是的,这是一艘独具中国特色的飞行器。它的外形跟中国古代传说中的龙极其相似。”“龙?”杰克疑惑地问。我说:“这艘飞行器是我国最新研制出来的‘金龙’号飞行器。”我一边指着飞行器解剖图一面向他解释道。“你看,龙头是驾驶舱;两个鼻孔内有两艘救生船,必要时可以从这里逃生;两眼是高倍的射电望远镜;一对长角是一台大功率的雷达。中部是货舱,尾部是设备舱。龙爪是起落架,它的鳞片内装有高速粒子发射器,遇到流星时,可以把它击成粉末。”杰克惊奇地说:“这真是太奇妙了。”

这时,雷达显示屏上出现了许多小光点,这是由一些小流星组成的流星群。飞船如果碰上这些东西,非撞坏不可。八万米、五万米、两万米,到了。就在这时,我猛地一按电钮,鳞片张开了,发出万道金光。流星被击成粉末。

经过一个多小时的飞行,我们终于踏上了金星这片有史以来没有人登上过的土地。飞行器徐徐下降,终于平稳地降落了。金星表面压力很大,温度又高,要穿特制宇航服。

我们缓慢地走下了飞行器。这时。杰克说:“拿出你的东西吧!”“你看着!”我说着就拿出了两只机器鸵鸟。“这是什么东西?”杰克说。“你看,这鸵鸟的眼睛是一对红外线探矿器,鞍子是一个减震器。这样即使很颠簸也不会摔下来。它的脚很大,所以不容易摔倒。你明白了吗?”我向杰克解释道。“中国人,OK!”杰克发出一声赞叹。探矿开始了,我们骑在鸟上,四处寻找着,突然,杰克惊喜地叫道:“这里有金矿!”我高兴极了,立刻开来挖掘机开采。嗬!还真不少呢!

早晨九点，我们返回了地球。经科学家研究发现，金星的土壤非常适合植物生长，如果用有效方法改变金星空气，那么在不久的将来，向太空移民将成为现实。我和杰克听了这个消息高兴极了。不停地唱呀跳呀……这时，一声鸟叫打断了我的美梦。我回想着梦里的一切，暗暗发誓：我一定要好好学习，将来做一名宇航员，为人类造福。

每个孩子都应该有自己的梦想

赏析／杨成贵

《我想当一名宇航员》，让我们随作者一起乘坐飞行器探索金星。这虽然是作者的一个梦，但也是作者对理想——当一名宇航员执著追求的反映。

每个人都有自己的梦想。或许就在我们很小时就憧憬过当科学家，虽然觉得很遥远，但伟大的科学家一直是我们佩服和崇拜的对象；或许我们在小时候想过长大后当一名军人，因为电视节目中英勇威武的军人一直吸引着我们的眼球。

其实一切并不遥远，只要我们执著追求，为了那些理想，我们要一直奋斗，上书山下学海，勤学好问，虽然有时会觉得很累很苦，但想到实现理想的喜悦，我们心里就会满是力量。理想是我们前进的动力，每个孩子都应该树立一个属于自己的理想。

每个童年都是美好的，因为我们有梦想，有梦想就会影响着将来，每个梦想都不同，每个人的未来也不同。

聚 会

◆文/王云志

6月10日 星期二 晴

清晨，我刚起床，万能机器人迈克就走过来，彬彬有礼地对我说："先生，早点已准备好了，快吃吧！早餐后，您不是还要去看望小学老师吗？"我一抬头，只见墙上醒目的电子日历牌正一闪一闪地显示出：二〇四〇年九月十日。它仿佛在眨着眼睛对我说："今天是教师节，您该去看看那些辛勤培育过您的老师呀！"

吃过早餐，我从"住址索引电脑"那儿得知我小学时的班主任彭老师最近已搬迁到了月球上。于是我带上礼品，乘上 F-101 水陆空三用飞艇直奔月球。许多年未见到彭老师了，她现在一定是老态龙钟的奶奶了……想着想着，飞艇已经轻巧而准确地落在月球上的中华月球新村。

一眨眼的工夫，月球新村的机器人、警察已将我带到园丁大厦第一百五十层楼三十五号房间前。我按了一下电钮，一阵清脆的电子音乐奏过以后，一位中年妇女满脸堆笑地打开了房门。这妇女一头青丝，面色红润，让人一见就觉得十分面熟，但一时又记不起来在哪儿见过。她也两眼直盯着我，好像在努力回忆着什么。为了打破这使人尴尬的局面，我轻轻地说了一声："请问，彭菊香老师住在这儿吗？"谁知这一问，对方立刻痛痛快快地喊出了我的名字："啊，你不是王云志吗？我就是彭老师呀！"

"啊!彭老师,您好!"要不是她认出了我,我真无法将她与我想像中的彭老师联系起来!后来一打听,才知道彭老师近几年来一直坚持服用"青春素"。这种"青春素"有抑制人体衰老,促进新陈代谢,使人延年益寿的作用,是二十一世纪轰动世界的最新科技成果,怪不得彭老师又"返老还童"了呢!尤其令人激动不已的是,这"青春素"的发明者竟是彭老师的学生、我的小学同学吴镝!听说吴镝今天也来了,我便迫不及待地进了彭老师家的客厅。

嗬!好家伙,想不到我的小学同学今天不约而同都来看望老师了。

同学们互相寒暄了一阵之后,彭老师提议要大家都讲一讲自己几十年来的经历。在一阵热烈的掌声中,吴镝被推到了客厅中央。只见他首先深深地向老师鞠了一躬,然后谦虚地说:"我没什么好讲的,大家知道,我发明的'青春素'获得了二〇三五年度的诺贝尔奖,这与小学班主任对我的启蒙教育是分不开的。在彭老师的谆谆教诲下,我从小就树立了攀登科学高峰的远大志向,取得了一点成绩……"一阵热烈的掌声打断了吴镝的讲话,因为他代表大家讲出了心底的话。

接着王承自告奋勇地走出来向老师和同学们汇报。他现任中国核动力施工总公司的经理。最近,他们的公司派出一支由二十人组成的小分队,仅用一个星期的时间,就打通了从大陆到台湾的海底隧道。现在大陆的人到台湾阿里山等地旅游,从海底隧道乘坐气垫飞车,只需十五分钟即可到达。每车可运载一万余名旅客。王承还兴奋不已地介绍道:"实践证明,一国两制的国策深受海峡两岸人民的欢迎。大陆和台湾的合作使我国经济开始第十次腾飞……"

正当我听得如醉如痴的时候,冷不防,同学们点了我的名。我慢慢地站起来,惭愧地说:"我没做出什么成绩,与大家比起来还相差很远。"彭老师问我现在做什么,我回答说:"接您的班,在体育学院当教练。"说完我把自己送给老师的礼品拿了出来——十枚金牌。那是我的学生在亚运会、奥运会上夺得的金牌。我把它们转送给了老师。

谁知这一来，整个客厅轰动起来。好几位同学都向我送来鲜花和纪念章。彭老师也竖起大拇指，连连夸奖我，搞得我真不好意思呢！

吃过午餐，彭老师和我们来到月球森林公园散步。只见一群少先队员正在假山上、树林中玩耍。彭老师触景生情，回想起自己年轻时当我们“孩子王”的情景，感慨万千地说道：“从一九九八年到二〇四〇年，短短的四十二年时间，你们由一群还不懂事的孩子变成了顶天立地的国家栋梁。祖国从第三世界起步一跃而起，进入了世界强国之列。那么，再过三四十年，祖国又将是一个什么样子呢？”

是啊，再过三四十年，祖国会是个什么样子呢？我们这些五十多岁的人，一个个浮想联翩，都将新的希望寄托在那些活泼可爱的孩子们身上。每一个人的头脑中，都在构思着一幅幅更新更美的图画……

学好文化，我们才能实现未来

赏析／钟阳宇

人生因为有梦想才有意义，人因为梦想才有了动力！

将来的一切多么让人向往！少年的时候，我们憧憬着青年，青年的时候我们会憧憬着成熟的中年。但每个童年都是美好的，因为我们有梦想，有梦想就会影响着将来，每个梦想都不同，每个人的未来也不同。

将来的社会是怎样的一副模样？《聚会》以充满想像力的文字向我们描绘了二十一世纪四十年代的社会，我们不得不惊叹作者超人的想像力，但也许未来真的就是作者描绘的那样。但是，未来还是要靠我们自己创造的，只有把握今天，学好文化，我们才有能力实现我们的梦想。